De geboorte van Thomas Stein

Ted de Hoog

De geboorte van Thomas Stein

ROMAN

UITGEVERIJ DE GEUS

Omslagontwerp Robert Nix

Der Blaue Reiter, 1911 Parijse collectie Karl Flinker
Foto achterzijde Ellen van der Koogh

ISBN 90 5226 118 0
NUGI 300

Verspreiding in België uitgeverij EPO, Lange Pastoorstraat 25-27, 2600 Berchem.

Voor Ellen

En bovendien zijn ook de opmerkelijkste dingen onbeduidend zolang je ze meemaakt.

HERMANN BROCH

Proloog

Het huis had de ruimte van de nabije zee. Gefascineerd keek Thomas Stein door Jeanettes zolderraam naar de watervlakte die op verscheidene plaatsen tussen de duintoppen zichtbaar was, en hij vroeg zich af of de bewoners wel dankbaar waren voor een huis dat meer ruimte herbergde dan het tussen zijn muren kwijt kon. Jeanette zei dat ze liever in een bos zou wonen, of tenminste in een landschap met veel groen. Had hij gezien dat hier nergens bomen stonden? Vanaf het voorjaar parkeerden duizenden toeristen de straten vol en 's nachts drongen flarden van Duitse zinnen door tot in de slaapkamers. Tijdens de winter was het rustig, maar dan kreeg je pijn in je oren van de koude wind.

Toen Jeanette haar moeder hoorde thuiskomen liepen ze naar beneden. Mevrouw Visser, een kleine, magere vrouw met piekerig haar, schudde hem de hand, maar ze keek half langs hem heen, alsof er achter hem nog andere mensen stonden die ze moest begroeten. Jeanette had verteld dat haar moeder soms uren achtereen de woonkamer liep te stofzuigen, zodat haar vader, docent Engels aan een plaatselijke middelbare school, een keer of tien zijn voeten moest optillen (Thomas stelde zich met enig plezier de koppige welwillendheid voor waarmee hij dat deed). Minstens één keer per maand nam de heer Visser maandagmorgen plaats in een levenloze auto, omdat zijn vrouw zaterdagavond na het bridgen de lichten niet had uitgedaan.

Ze dronken met z'n drieën thee in de huiskamer, van waaruit ze zicht hadden op de verwaarloosde tuin die sinds haar zoon Frederik met zijn poppentheater door Zuid-Frankrijk was gaan reizen niet meer was onderhouden, zoals mevrouw Visser toelichtte. Haar man las liever de hele dag in *Moby Dick* in plaats van onkruid te wieden, maar hij was dan ook een stier en stieren neigden naar luiheid. Geloofde Thomas in sterrenbeelden? Er was haar destijds in een horoscoop een uitzonderlijk voorspoedig 1977 voorspeld, maar bij de afgelopen jaarwisseling bleek dat daar niets van terechtgekomen was. Het jaar was zoals alle andere geweest en ze zou nooit meer een voorspelling geloven. Eigenlijk wilde ze terug naar haar geboortestreek, maar haar man peinsde er niet over om ander werk te gaan zoeken. Hij had een vreemde voorkeur voor de zee, die hij ongeacht het weertype eenmaal per dag ging bezichtigen. En Frederik? Frederik stuurde elk kwartaal een briefkaart vanuit zulke plaatsen als Aumont-Aubrac en Decazeville, waar niemand op de bridgeclub ooit van gehoord had. 'Jullie mogen blijven eten', zei mevrouw Visser ten slotte, alsof ze de laatste regel van een juryrapport voorlas.

Terug op zolder staarde Thomas weer langdurig naar de zee en naar de duinen, die onregelmatig begroeid waren met plukjes gras, alsof er te weinig in voorraad was geweest om het hele oppervlak te bedekken. De lucht was zo egaal grijs dat hij van kunststof gemaakt leek. Hij voelde Jeanettes aanwezigheid achter zijn rug; ze zat aan haar bureau te studeren en misschien wierp ze van tijd tot tijd een blik op zijn lichaam en vroeg ze zich af wanneer zijn zelfbeheersing het van zijn verlangen zou verliezen.

Hij ging naast haar aan het bureau zitten en probeerde zich op een paar slecht gekopieerde stencils te concentreren. Hij bekeek haar gezicht terwijl ze zat te lezen: ze had volle lippen, een huid die op sommige plaatsen vlekkerig was en oren die te groot waren (maar net niet groot genoeg om te ontroeren). Hij bespeurde een samengaan van libido en afkeer waarover hij niets bij Havelock Ellis had gelezen, en hij dacht terug aan de opwinding die hij had gevoeld bij de eerste gerichte blikken die hij tijdens het werkcollege op haar lichaam had geworpen: zijn aanwezigheid in deze kamer, de monoloog van haar moeder en het uitzicht op zee waren uiteindelijk allemaal gebaseerd op dat ene moment – een omgekeerde piramide. Wat was er veranderd? Hij riep het beeld op van Jeanettes benen, en in gedachten overweldigde hij haar, tijdens het inzetten van de schemering, ergens tussen het stugge helmgras en met haar volle medewerking.

'Laten we even gaan liggen', zei ze.

Thomas schrok, maar hij volgde haar naar de hoek van de kamer. Het bed lag opengeslagen, maar tot zijn opluchting trok ze de dekens tot over het hoofdkussen en streek de rimpels glad. Leunend op haar elleboog keek ze hem aan en ze sloeg driemaal met haar vrije hand op het bed. Wat verwachtte ze van hem?

Hij ging op de rand zitten en zocht hongerig naar een gespreksonderwerp: de relatie met haar moeder, zijn voorgangers in dit bed, alles wat de spanning zou kunnen breken of op de verkeerde manier opvoeren kwam in aanmerking, als hij maar niet werd overgeleverd aan de verlatenheid van deze twee lichamen. Hij kon niet dichter bij haar komen, hij moest eerst een probleem oplossen, duizend problemen misschien die hij pas na verloop van tijd zou herkennen als symptomen van één enkele onafzienbare wantoestand.

'Earth calling Thomas, earth calling Thomas', zei Jeanette. 'Waar zit je aan te denken?'

Hij ging naast haar liggen, zijn hoofd op haar rechterarm, zijn onervaren hand in haar zij. 'Ik moet je iets vertellen', zei hij, maar hij wist niet hoe hij deze zin moest vervolgen en eigenlijk geloofde hij niet dat uiteenzettingen enige zin zouden hebben zolang hij niet *precies* wist wat hij zou willen uitleggen.

'Je bent lief', zei Jeanette terwijl ze zijn T-shirt uit zijn broek trok en zijn trillende buik begon te strelen. 'Ik verwacht helemaal niets. We kunnen gezellig wat kletsen over de eenzaamheid van Kafka of zoiets. We hebben helemaal geen haast.'

'Ja,' zei Thomas, die zich opgelucht voelde wegzakken onder het genot van haar strelingen, alsof zijn lichaam de eerste de beste gelegenheid benutte zich van de situatie te verwijderen, 'we moeten eerst meer praten.'

'Mag ik even binnenkomen?'

Meneer Visser sloot de deur achter zich, maar bleef er vlakbij staan, alsof er extra toestemming nodig was om dichterbij te komen. Een intelligente man, dacht Thomas, en hij houdt van de zee.

'Papa,' zei Jeanette, 'dit is Thomas. Thomas, dit is mijn vader.'

Ze schudden elkaar de hand. Thomas was opgestaan en Visser ging in zijn plaats op de rand van het bed zitten (iets wat buitensporig had moeten zijn, maar het niet was). Hij zei met zijn gezicht naar het raam: 'Mevrouw Visser heeft door omstandigheden geen boodschappen gedaan, en daarom stel ik voor dat we de kennismaking voortzetten in een restaurant.' Hij keek Thomas aan, die voelde dat hij vriendelijk begon te knikken, en Visser legde uit dat Thomas niet moest denken dat hij aan een beoordelingsronde werd onderworpen. 'Het vormen van een mening', zei hij op een toon alsof hij het eind van een uitputtende bergrede naderde, 'is een inspanning die mijn krachten meestal te boven gaat, maar ik weet wel dat er dingen zijn waar ik van houd, *Moby Dick* bijvoorbeeld, Wagners *Fliegende Holländer*, al klinkt een deel van zijn overige werk als reclame voor de zeesleepvaart, en natuurlijk een vers stuk Engelse *cheesecake*. U studeert?'

Thomas verstijfde als hem iets over zijn studie werd gevraagd; hij wist niet of hij die zelf serieus nam en door de ogen van anderen bleef er helemaal niets van over (op een dag moest hij uitvinden waarom). 'Hetzelfde als Jeanette', bracht hij uit. 'We hebben elkaar ontmoet tijdens *hulpwerkwoorden van modaliteit.*'

'Jawel,' zei Visser, 'en schrijft u zelf ook?'

'Sinds mijn jeugd niet meer', zei Thomas. Hij vond dat het in zekere zin origineel was om als letterenstudent zelf niet te schrijven – maar Visser had weinig opinies, waarom zou hij zich eigenlijk inspannen om een goede indruk te maken?

Hij bood hem een sigaret aan en rekende op een bekentenis van Visser, die na de eerste rookpluimen inderdaad volgde. 'Ik heb ooit een dichtbundel geschreven. Mijn vader heeft de uitgave bekostigd, in totaal zijn er tweehonderd gesigneerde exemplaren uitgegeven. Ze gingen natuurlijk allemaal over de zee, over het water, u kent dat wel, het oceanische gevoel waar Freud niets van begreep, het onbereikbare...' (Thomas kreeg de indruk dat Visser zich moest inspannen om ironisch te blijven klinken.) 'Ik dichtte tijdens eenzame wandelingen, want ik kon niet schrijven als ik een stuk papier zag. Mijn vader wilde wel betalen, maar hij wilde niet zeggen wat hij van mijn gedichten vond: zoals u ziet heeft onze hele familie problemen gehad met het vormen van oordelen.'

Visser stak nogal hulpeloos zijn sigaret vooruit en zocht zonder goed om zich heen te kijken naar een asbak. Thomas pakte er een van het bureau en zei, om het contrast met Vissers breekbaarheid te beperken, in een bestudeerd voorzichtige toonaard: 'Ik kan mij een minder sympathieke kwaal voorstellen.'

Jeanette lag nog altijd op het bed, vlak bij haar vader, die op de rand zat, en haar houding deed Thomas aan het een of andere beroemde schilderij denken. 'Eén gedicht', zei Visser, 'ging niet geheel toevallig over een witte walvis die op een strand was aangespoeld en daar kwam te sterven. De laatste regels gingen zo:

witter dan de walvis was het strand
maar zie: de vis was witter dan het zand
de duinen waren wit, het verre land, de zee
de dood was nog het witst – en kwam gedwee

Het gedicht leek Thomas nogal vormeloos, en de dood was zeker nooit gedwee, maar hij zei niets, hij was onder de indruk van iets anders: Visser had gesproken voor een denkbeeldig gehoor, samengesteld uit de luisteraars die hij nooit had gehad maar wel had willen hebben, of misschien had hij af en toe zulke toehoorders gehad en had hij zich hen voor de gelegenheid uit diverse in de tijd verspreide momenten bijeen herinnerd, het ideale publiek waarbij zijn gedichten niet alleen weerklank vonden maar waaruit ze voor een deel zelfs waren samengesteld, als onvervreemdbaar aspect van de materie van zijn dichtwerk, het werk dat hij voor het grootste deel niet had kunnen scheppen, en de witte walvis waar hij bij Melville over las was zijn eigen droom, die natuurlijk op het strand moest belanden waar hij later vlakbij ging wonen – het klopte allemaal zo mooi dat het iets onwaarschijnlijks begon te krijgen, de onwerkelijkheid van iedere volmaakte vorm.

'Denk je niet', zei Jeanette terwijl ze zich bruusk tot Thomas wendde, 'dat papa talent had? Ik zal je zijn bundel eens meegeven. Misschien debuteert hij nog eens na zijn vijftigste, dat zou voor een dichter uniek zijn!'

'Je kletst maar wat, schatje', zei Visser, zo te zien niet uit verlegenheid maar omdat hij het meende. Hij stond op en keek uit het zolderraam, alsof hij iets zocht, en daarna liep hij nog wat heen en weer door de kamer, zoals vaders altijd door de kamer van hun oudste dochter lopen, alsof ze er jaren niet geweest zijn.

Op de achterbank van de auto hield Thomas de hand van Jeanette stevig vast; hij had het gevoel dat er, voor hij kon worden ingewijd, eerst nog een dertiende herculische taak moest worden verricht: het overwinnen van de onbegrijpelijke angst die zich als een virus door zijn hele lichaam had verspreid. Het was mogelijk dat hij zich verzette tegen de ontsluiering van één der laatste geheimen, om tenminste nog een paar illusies in stand te houden – maar nee, dat klonk alweer te literair, het was iets anders, het moest iets anders zijn.

Hij stak zijn lepel in een luxueuze soep en reikte mevrouw Visser de wijnkaraf aan. Ze had zich opgemaakt en duur gekleed, zodat ze eruitzag als een harpij in avondkleding (maar voor die stiekeme vergelijking schaamde hij zich meteen, ze was niet onsympathiek, ze was net als iedereen voortdurend licht wanhopig), en als ze hem om de schaal salade vroeg raakte ze vluchtig zijn hand aan. Hij leegde zijn zesde of zevende glas wijn – er waren geen redenen om bang te zijn, de dingen waren gedrenkt in je eigen angst, als je open en vrij was bestonden er geen begrenzingen, alle hekken, muren en stippellijnen bedacht je zelf, als je volkomen ontspannen was strekte het universum zich naar alle kanten uit. De tafel helde over naar links, maar alle voorwerpen bleven op hun plaats.

Op het herentoilet probeerde hij van zijn duizeligheid af te komen door zijn polsen onder stromend water te houden. Hij haalde diep en beheerst adem en trachtte zichzelf daarbij met behulp van de spiegel in de ogen te kijken. Waarom was het licht in toiletruimtes altijd het hardste licht dat je je kon voorstellen? Zijn huid leek grauw als de buik van een dode vis.

Toen ze 's avonds thuiskwamen kreeg Thomas een pyjama te leen van de heer Visser, en hij viel bijna meteen in slaap, op de stretcher die Jeanette naast haar eigen bed had opgesteld; hij merkte nog net dat zij de dekens over hem heentrok.

's Morgens vroeg werd hij wakker; zijn misselijkheid was voorbij. Jeanette lag met haar rug naar hem toe, zo te horen diep in slaap. Het was al licht, en hij was onrustig, in beslag genomen door de nabijheid van Jeanettes ademende lichaam. Hij opende zachtjes het venster, dat uitzicht gaf op de tuin, in de greep van een metalen stilte. Waarom hoorde hij de zee niet? De lucht was fris, en hoewel hij huiverde bleef hij enige tijd uit het raam geleund staan. Hij luisterde ingespannen, en na verloop van tijd ving hij het breekbare geruis van de zee op. De tuin zag er vanaf deze positie niet meer zo haveloos uit.

Hij kreeg het te koud. Toen hij terugliep naar zijn stretcher merkte hij dat Jeanette wakker was; ze zat rechtop in haar bed, en door haar vliesdunne nachthemd heen kon hij de vormen van haar borsten onderscheiden. Zijn schrik werd aangelengd met een scheut opwinding, hij zoende haar op het voorhoofd en legde uit dat hij geen slaap meer had.

'Ben je nog duizelig, Thomas?' Zijn naam klonk in de verlatenheid van de ochtend alsof hij op iemand anders betrekking had.

'Nee', zei hij. Zijn reactie klonk te kort en hij vervolgde: 'Nee, het is helemaal over.'

'Wil je wat te drinken voor me halen?' vroeg ze. 'Er staat beneden sinaasappelsap in de koelkast.'

De enige geluiden in het huis werden veroorzaakt door zijn

gewicht, dat de houten treden doordringend liet kraken, en zijn voeten voelden plakkerig aan op de koude keukenvloer. Omdat hij niet had gevraagd waar de glazen stonden moest hij vier kasten openen voor hij ze zag staan.

'Goedemorgen', zei Visser. 'Kunt u het allemaal vinden?'

Hij stond op de denkbeeldige lijn die de overgang van de open keuken naar de huiskamer markeerde, en hij droeg een vaderlijk roodbruine kamerjas die zijn bleke schenen onbedekt liet. Hoewel hij de eigenaar van het huis moest zijn, stond hij daar alsof hij het voor een periode van een paar maanden had gehuurd – hij leek in niets op alle andere vijftigers die Thomas kende. Omdat hij Vissers bedeesdheid met een grote dosis bescheidenheid wilde belonen, ervoer Thomas zijn lichaam plotseling als misplaatst, en het liefst zou hij in de stilte van de morgen zijn opgelost: eigenlijk een vorm van eerbetoon. 'Ik zocht sinaasappelsap voor Jeanette', zei hij zachtjes. 'Ik heb u toch niet gewekt?'

Visser schudde zijn hoofd. 'Ik sta altijd vroeg op, ik slaap niet veel. Maar laat mij eens even wat voor jullie inschenken. U heeft de glazen al gevonden zie ik.' Hij opende de koelkast, en na een paar seconden haalde hij een plastic kan met oranje inhoud te voorschijn. 'Het is zeer eigenaardig', zei hij tijdens het inschenken, 'om iemand anders in je eigen pyjama te zien. Hoe moet ik het uitdrukken: het is alsof je jezelf ziet in het gelijktijdige besef dat het om een ander gaat, zodat je in zekere zin jezelf van de weeromstuit als een vreemde ervaart. Ben ik erg onduidelijk?' Hij plaatste de kan weer in de koelkast, legde zijn rechterhand op het aanrecht, en starend naar de keukenvloer zei hij: 'Ik vrees dat ik me ongelukkig heb uitgedrukt. Ik ben geen begaafde spreker. Had ik maar die duistere helderheid die uit de sterren valt, zoals een dichter zei.'

'U bent heel helder', zei Thomas. Hij voelde zich schuldig

over het feit dat hij op het punt stond de liefde te bedrijven met de dochter van een man die zojuist zijn sinaasappelsap had ingeschonken.

Visser verliet de open keuken en betrad de woonkamer. Thomas volgde hem halfslachtig, en bleef uiteindelijk midden in de kamer staan met de twee glazen in zijn handen, rusteloos zoekend naar een intelligente en sympathieke opmerking waaruit zou blijken hoezeer hij verschilde van alle jongemannen die Jeanette al mee naar huis had genomen. Waar zou hij allemaal niet over kunnen spreken? Over de seksuele daad als een staaf dynamiet om in de kluis van het leven te komen, over de pantsering van het alledaagse waar hij doorheen zou willen dringen en over de voorlopigheid die hij uit zijn bloed wilde verdrijven... Hij zou kunnen vertellen dat hij een fysieke behoefte aan waarheden voelde, het tijdperk van de scepsis is voorbij, meneer Visser, en ik wil het bestaan ook niet als een wachtkamer opvatten, want stel je voor dat er zich in de kamer ernaast geen praktijk bevindt! En ik weet ook dat ik nog te jong ben om dit soort rijpe taal uit te slaan, hoewel, dan juist heb je er de goede leeftijd voor, denkt u niet? – maar Thomas zei niets en hij nipte van beide glazen, zijn lichaam verloren in de leegte tussen de keuken en de leren fauteuils van de woonkamer.

Visser wees naar een pakje sigaretten op de salontafel en zei: ‘Neemt u er een van mij. Het is heerlijk om ’s morgens vroeg te roken. Vroege ochtenden bieden een vorm van troost. Vergeef mij het pathos van wat ik nu ga zeggen, ook dat zit in de familie, we waren allemaal pathetische, intelligente twijfelaars, niet het onaangenaamste soort mensen naar ik hoop, maar in de ochtend, meneer Stein, in de ochtend hoor ik nog de echo van de schepping.’

Thomas knikte, en hij voelde zich zowel verplicht om verstandig te zwijgen als om te laten blijken dat ook hij vertrouwd was met deze subtiele essenties, dat hij een jongeman was die boeken had gelezen en veel over de dingen had nagedacht, maar terwijl de spieren van zijn keel zich spanden om de doorgang van diverse wijze woorden voor te bereiden ging hij door met knikken en bracht hij het niet verder dan 'ja, ja, de echo van de schepping'. Hij schaamde zich voor zijn houterigheid, en nadat hij de glazen had neergezet speurde hij in zijn geheugen naar een mooi citaat of een uitspraak van zeer persoonlijke aard, om Visser te laten zien dat hij dankbaar was voor iets wat zich overigens niet liet omschrijven – tevergeefs. Visser gaf hem vuur en daarna zichzelf, en Thomas kreeg het gevoel dat hij door de rookslierten heen werd bestudeerd met alle nauwkeurigheid waartoe een poëtisch iemand in staat was. Hij nam op advies van Visser plaats in een der fauteuils, van waaruit hij de direct achter de tuin verrijzende duinen bestudeerde met een plotselinge kalmte die op de een of andere manier scheen te zijn voortgebracht door zijn onrust.

'Wie heeft die uitspraak ook alweer gedaan,' zei Visser bedachtzaam, terwijl hij een mondvol rook aan de kamer toevertrouwde, '"eens zijn wij allen oud geweest"?'

Jeanette bevond zich op de achterste rij, derde van links, deel van een groep mensen die royaal lachend in een dik pak grauwe sneeuw stonden. Thomas vond dat ze er aantrekkelijk uitzag, en hij wenste dat de vrouw op het bed achter hem de onbereikbaarheid die ze op deze foto bezat kon evenaren. Hij bracht zijn gezicht tot vlak bij het glimmende oppervlak, om het raadsel te lijf te gaan dat iedere foto voor hem herbergde. Hij herinnerde zich een foto die hij van zijn vader had genomen, in de achtertuin van het ouderlijk huis. Op het moment dat hij afdrukte was het toestel uit zijn handen gegleden, zodat hij enkele dagen later van de fotohandelaar een half abstract en in diverse soorten grijs geborsteld portret terugkreeg, waarop zijn vader stond afgebeeld als een grote vogel die de sluitertijd te vlug af was, de enige levensechte foto die hij ooit van zijn vader genomen had omdat de ongenaakbare vluchtigheid van het ogenblik ermee was onthuld – een foto die werkelijker was dan andere omdat ze vrij voor haar onwerkelijkheid moest uitkomen.

Hij draaide zich om. Jeanette lag op haar bed, tot aan haar middel onder de dekens. 'Je staat daar al twee minuten', zei ze. 'Waarom ben je zo gespannen? Ben je geschrokken van mijn vader?'

'Nee', zei Thomas. Hij ging op de rand van het bed zitten, kuste haar nek en streelde haar bovenarm. Hij moest haar vertellen welke angst hem beheerste, als hij hem zelf tenminste begreep.

'Je bent bang voor de liefde', zei Jeanette. 'Ben je nog maagd?'

'Nee,' zei Thomas, 'of om precies te zijn, ja.'

Jeanette kwam overeind en bracht haar gezicht dicht bij het zijne. 'Als ik het niet dacht, een maagd: wat schattig! Je bent een rare jongen. Alle mannen die ik heb gekend duwden me tegen de grond zodra ze de kans kregen, alleen jij niet. Ik heb nog nooit iemand zoals jij meegemaakt. Hoe denk je over mij? Papa zegt dat ik luchthartig ben, ondanks al die boeken die ik lees, hij zegt dat mijn soort ingewikkeldheid aangeleerd en oppervlakkig is. Hij zegt dat ik alleen maar eenzaam ben omdat Kafka het was. Wat vind jij ervan? Je zit maar te zwijgen. Waarom lach je?'

'Dat is van de zenuwen', lachte Thomas. 'Er valt niets te lachen.'

Jeanette vroeg: 'Ben je bang voor mij? Is het dat?' Thomas zag aan een spiertrekking bij haar mondhoeken dat ze een geeuw onderdrukte.

‘Over twee weken ben ik jarig’, zei hij, ‘en ik wilde voor die tijd met een meisje – maar dat doet niet ter zake, het gaat nu om iets anders.’

‘Hoe bedoel je, het gaat nu om iets anders?’ Jeanette schoof de dekens verder van zich af, en Thomas wierp een snelle blik op haar dijen. Hij hoorde een garagedeur die met een galmende dreun werd dichtgeslagen, waarschijnlijk Visser die naar zijn werk ging.

‘Thomas,’ zei Jeanette, ‘laten we vandaag niet naar college gaan. We hebben nog zoveel te bespreken!’ Ze strekte zich uit op het bed en legde haar handen onder haar hoofd. Tot zijn schrik zag Thomas dat ze van plan was om een afgrond van tijd voor hem te reserveren. De mogelijkheden om zich dank zij de universiteit aan zijn erotische plichten te onttrekken waren hem zo te zien ontnomen. Breed strekte de dag zich voor hen uit: ze konden nog even ontbijten, of pauzeren voor de lunch, maar verder zouden ze die honderden minuten samen moeten doorbrengen, de verkeerde soort overvloed, een ruimte van tijd die niet geruststelde maar beangstigde, alsof er zoiets als geestelijke ruimtevrees bestond.

Hij keek op zijn horloge en zei: ‘Het lijkt me onverstandig om niet naar college te gaan, we zouden achterop kunnen raken.’

Jeanette kwam helemaal onder de dekens vandaan en ging naast hem op de rand van het bed zitten. Ze legde een hand op de pyjamabroekspijp van haar vader, waarin zich het rechterbeen van Thomas bevond, en ze vroeg: ‘Vind je mij aantrekkelijk? Wees eens héél eerlijk, Thomas: ben ik een vrouw met wie je naar bed zou willen?’

‘Ja,’ zei hij zachtjes, en toen wat harder: ‘ja’, en hij bedacht dat hij haar nu onmiddellijk in het kussen zou moeten duwen – maar voor zoiets was een eigenschap nodig die hij weliswaar niet kon benoemen, maar die hij in ieder geval niet bezat. Hij pakte haar hand van zijn dij en beet in haar vingers, hij kuste haar lippen terwijl hij zichzelf verbood om ondertussen aan iets anders te denken: hij was een meisje aan het zoenen, een vrouw die luidruchtig door haar neusgaten snoof omdat ze nu niet normaal kon ademhalen, die iets wilde, met hem, Thomas Johannes Stein, en op dit moment met niemand anders, eigenlijk een zeer opwindende gedachte, en het was een raadsel waarom zijn penis het niet verder bracht dan tot een halfhartig soort verstijving, alsof de eigenaar zich helemaal niet in de situatie bevond waar hij al jaren op gewacht had, het mogelijke culminatiepunt van zes of zeven jaar masturberen, een periode waarin overdag en 's nachts honderden vrouwen aan zijn lusten waren onderworpen, meewerkend, tegenstribbelend, boos, enthousiast, gebiedend, aarzelend, schreeuwend van genot, tegen betaling, op de trap van een landhuis, in een treincoupé met twee vriendinnen, en hoe langer hij erover nadacht, hoe minder hij ervan begreep.

Anderhalf uur later zaten ze met mevrouw Visser in de tuin te ontbijten. Thomas trok zijn mes door de boter en genoot van het omhoogkomende, schubvormige schraapsel. Hij behoorde definitief tot het onpeilbare mannelijke ras, en de wereld zou nooit meer dezelfde zijn. Hij had inmiddels met Jeanette de liefde bedreven, de vrouw die in het licht van deze prachtige ochtend – de zon was onverwacht verschenen – in één zorgvuldige, langgerekte beweging een appel van de schil ontdeed. (Zij ging zeer geraffineerd te werk: zij kwam zijn hand ophalen en legde die op de juiste plaats, en terwijl hij haar tepel zacht maar onmiskenbaar in zijn handpalm voelde drukken zei ze dat ze 'niet te ver' wilde gaan, dat ze niet alleen 'niets verwachtte', maar dat ze momenteel ook 'niets wilde', dat hij geen misbruik van de situatie moest maken en dat de liefde spontaan en romantisch en meer dingen die hij was vergeten moest zijn. Bevrijd van de druk van haar verwachtingen keerde zijn seksuele opwinding terug uit een kortstondige ballingschap, en toen hij haar slipje omlaagschoof met een haastigheid die zijn bedoelingen geheel doorzichtig maakte streelde zij zijn rug en spreidde haar benen een beetje, met een kalmte die deed vermoeden dat haar tactiek succes had gehad, maar ook met een nuchterheid die hij zich pas na afloop herinnerde, alsof ze veeleer zijn seksuele opvoeding had nagestreefd dan de bevrediging van haar eigen verlangens.)

Was er iets veranderd? Op zoek naar bewijzen keek Thomas naar de eiersnijder waarmee hij zojuist zijn ei in plakjes had verdeeld, met een genot dat wortelde in de ervaringen van deze ochtend, alsof de vreugde van de ene gebeurtenis zich zonder aarzelen aan de andere had meegedeeld, en hij keek naar het gras dat van ongelijke lengte was en naar de distels die in rancuneuze kleine groepjes langs de schrale heg stonden. Het licht klom op tegen de matgele duinenrij en werd verstrooid in de vochtige nevel van de ochtend. Mevrouw Visser bestudeerde een krant, die ze zo slordig omgevouwen had dat Thomas een krachtige behoefte ervoer om de verwrongen gedeeltes glad te strijken, en bijna zonder op te zien duwde ze de schuif van het broodrooster met een wraakzuchtig gezicht omlaag, zodat twee boterhammen statig uit het zicht verdwenen: een dubbele crematie. Het leek erop dat er niets veranderd was, maar hij kon zich veranderingen voorstellen die zich pas na verloop van tijd openbaarden. Maar hoe was het eigenlijk geweest om nog maagd te zijn? Was hij werkelijk van de ene wereld naar de andere gereisd? Als er iets veranderd was waar hij geen volledige herinnering aan had, dan hadden veranderingen goed beschouwd geen betekenis: het verleden van zijn gevoel kon geen referentiepunt zijn, want het viel steeds ten prooi aan de ongrijpbare geleidelijkheid die het leven altijd de smaak van de recentste ervaringen gaf.

Hij pakte de theepot van het waxinelichtje, plotseling slecht gehumeurd: wat had het voor zin om dingen te ervaren als er niets veranderde? Zijn vrees was niet zo willekeurig geweest, en wat viel er ook te ontdekken in de armen van een vrouw, afgezien van die enkele seconden aanhoudende bewustzijnsvernauwing waar je eigenlijk zelf niet bij aanwezig was, of wat was er waar dan ook te ontdekken als het beeld van de wereld zich steeds geruisloos aanpaste?

Hij schonk thee in voor mevrouw Visser. Ze zat met bewegende lippen de rouwadvertenties te bestuderen, en plotseling wist hij zeker dat ze zat uit te rekenen hoe oud de hoofdpersonen van de annonces waren geworden, wat haar zowel menselijker als onsympathieker maakte (het was Thomas vaker opgevallen dat onrijpheid bij anderen makkelijk te herkennen is). Hij keek naar Jeanette: ze droeg een kobaltblauwe blouse met zeegroene balletjes – daar zat ze dan, het meisje met wie hij vanochtend de liefde had bedreven. Terwijl hij thee in haar kopje goot glimlachte hij met een hartelijkheid die hij uit zijn tenen moest halen, en hij begreep dat hij niet verliefd op haar was, al waren er misschien weinig redenen om dat niet te zijn. Maar er was meer aan de hand: hij leed aan een gecompliceerde bewustzijnskwaal – hij had, concludeerde hij tijdens een poging om een klont snel smeltende boter gelijkmatig over zijn warm geroosterde boterham te verspreiden, 'het probleem van de werkelijkheid' ontdekt.

I

Hij was bijna een uur te laat. Hij nam de afslag naar de luchthaven en zocht zijn weg over het immense parkeerterrein. Er stonden twee mannen bij een auto met een geopende motorkap, en een derde man leunde, met zijn hoofd wat achterover, tegen de zijkant van het voertuig.

Toen Thomas uit zijn oude Mercedes was gestapt keek hij om zich heen. Het was koel en windstil; de zon blonk in het staartvlak van geparkeerde vliegtuigen, en boven de landingsbaan verplaatste een zwerm vogels zich met abrupte, maar sierlijke bewegingen door het luchtruim. In zijn fantasie zag hij Leontine met twee zware reistassen op hem staan wachten. Ze zou hem ironisch aankijken, en hij moest dan bepalen of hij de waarheid zou spreken (in slaap gevallen boven zijn studieboeken) of liegen (de verkeersdrukte viel tegen); op grond van de waarheid zou ze, fijngevoelig maar ten onrechte, concluderen dat Thomas haar niet belangrijk vond, en een leugen paste niet bij deze schitterende dag – maar vermoedelijk kwam hij helemaal niet voor de keuze te staan, en was ze al doorgereisd.

Terwijl hij de lange weg naar de hoofdingang aflegde probeerde hij zich Leontines gezicht voor de geest te roepen: het haar was niet moeilijk, maar welke kleur hadden haar ogen? Hoe zag ze eruit als ze lachte? Hun eerste ontmoeting had zich waarschijnlijk afgespeeld op de kamer van haar broer Viktor, maar hij herinnerde zich niets bijzonders. De meeste mensen kwamen geleidelijk in je leven, zoals het daglicht 's morgens; toch was er altijd een dag waarop je tot de ontdekking kwam dat iemand bestond, de werkelijke dag van de eerste ontmoeting, en op die ongedefinieerde geboortedag zat hij bij Viktor wat te drinken toen Leontine binnenkwam met een bosje fresia's.

Hij wist niet veel van bloemen af, zodat hij normaal gesproken zou zijn vergeten om welke bloemen het ging, maar de herinnering was ongebruikelijk helder en het was veelbetekenend dat hij de naam van de bloemen had onthouden. Het was natuurlijk waar dat je sommige woorden makkelijker onthield dan andere, omdat ze bepaalde unieke eigenschappen hadden, in de volgorde van de medeklinkers of in de aanwezigheid van weinig gecombineerde letters, en soms ook nam een hele situatie de kleur van een bepaald woord aan, zodat het ten slotte onduidelijk werd of het woord de omgeving ondersteunde of andersom – maar ditmaal had de helderheid van het beeld niets met de taal te maken. Viktor kreeg, zoals hij aan Thomas uitlegde, nooit bloemen, en hij ging op zoek naar woorden bij zijn dankbaarheid. Het leek alsof hij in een situatie was gemanoeuvreerd waarvoor hij nog geen gedrag had ontwikkeld: hij wreef vijf, zes, zeven keer over de bliksemstraal op zijn trui, en zijn ogen vroegen Thomas om bijstand – en zo was Leontine tot bestaan gekomen in de onwennigheid van haar broer. Thomas bestudeerde haar gestalte, rook aan de bloemen en bedacht verrukt dat ze het perfecte, ontwapenende gebaar gemaakt had.

Toen Leontine de kamer had verlaten om een vaas te zoeken viel er een stilte, omdat ze niet meer wisten welke toon ze moesten aanslaan. Thomas wilde zijn vriend feliciteren met de bloemen, maar uit vrees dat zijn woorden als ironie zouden worden opgevat zweeg hij. Het leek alsof Leontine overdreven lang wegbleef: in een oogwenk waren ze afhankelijk geworden van haar gezelschap. 'Het is opvallend dat mannen nog altijd zelden bloemen krijgen,' zei Viktor, terwijl hij zijn neus in het boeket duwde, 'een culturele misstand, denk je niet?' – maar Thomas antwoordde niet en knikte alleen maar; hij wilde dat Leontine weer verscheen om haar atmosfeer van warmte, doelgerichtheid en activiteit te verspreiden. (In zijn herinnering was ze trouwens niet meer teruggekomen, zozeer beheerste haar dominerende afwezigheid het beeld van een niet meer te achterhalen middag.)

Meteen nadat hij de grote aankomst- en vertrekhal was binnengegaan raakte Thomas in een goed humeur; het onderscheid tussen buiten en binnen vervaagde, en een ijle, evenwichtig verdeelde nevel van stemgeluid omvatte hem. Hij voelde zich klein in deze hal, terwijl hij er tegelijkertijd de afmetingen van aannam, alsof hij op een bescheiden manier buiten zijn eigen oevers trad. Boven een groepje wachtende mensen zag hij een spandoek waarop hij door de achterkant heen in spiegelbeeld de woorden 'welkom thuis' kon lezen. Een veiligheidsbeambte met een scherpe vouw in zijn broek stond zich tegen een pilaar te vervelen.

Thomas zocht en vond een bord met de aanduiding 'restaurant'. Hij rende een paar trappen op en kreeg de keuze tussen twee richtingen: hij kon linksaf naar een echt restaurant, en rechtsaf naar een zelfbedieningsgelegenheid die *De Wijde Wereld* heette. Hij sloeg rechtsaf omdat hij de naam mooi vond en belandde in een tamelijk rustige zaal, die een prachtig zicht bood op een deel van het vliegveld. De meeste aanwezigen zaten met hun gezicht naar de ramen gewend; de ruimte werd beheerst door een landerige verwachting, zoals op een station waar het eerstvolgende uur geen trein meer zal stoppen.

Hij dacht nu zo intens aan Leontine dat hij bij herhaling meende haar te zien, maar na een paar minuten trok hij de conclusie dat ze er niet was. Hij voelde zowel ergernis als schaamte, maar het was onduidelijk in hoeverre de tweede gemoedsbeweging de eerste had veroorzaakt.

'Jij hebt verstand van auto's.'

Niet het feit dat de vaststelling onjuist was viel Thomas op, maar de besliste toon waarop ze was uitgesproken, alsof de overtuiging van de spreker was gebaseerd op kennis die de aangesprokene nog niet ter beschikking stond.

De jongeman had kortgeschoren haar en was klein van stuk; zijn leren jack was tot aan de hals dichtgeritst. Het hoofd was vlezig en robuust, maar met een neus die zo iel was uitgevallen dat het leek alsof een gedeelte operatief was verwijderd.

Thomas deed een halve pas achteruit en zei: 'Hoe weet je dat?'

De jongeman stak hem een kleine, kurkdroge hand toe. 'Ik ben Matthias.' Thomas noemde zijn naam en Matthias vervolgde: 'Ik ben blij dat ik eindelijk kennis met je kan maken.'

Thomas begreep deze vreugde niet, zoals er meer dingen waren die hij niet begreep – het woord 'eindelijk' bijvoorbeeld. Had iemand gezegd dat hij er zou zijn? Waren er afspraken gemaakt waarvan hij niet in kennis was gesteld? Was dit een obscuur familielid van Viktor en Leontine dat hier was om een misverstand op te helderen? Thomas' hersenen produceerden een auto met een geopende motorkap en een achterbank waarop Leontine zat te wachten.

'Je begrijpt er natuurlijk niets van', zei Matthias, 'en dat is in zekere zin zoals het moet zijn. We hebben een probleem met de auto en ik zou je willen vragen om even te helpen.'

'Mijn vader', zei Thomas, terwijl hij door de enorme ramen naar het vliegveld keek, 'had veel verstand van techniek. Zelf ben ik uit het nest gevallen. Ik heb me op andere dingen gericht.'

Hij wilde meer vertellen, maar toen hij zichzelf betrapte op deze misplaatste behoefte mededelingen te doen zweeg hij abrupt. Was alles nog in orde? In de aan het zicht onttrokken keuken werden goedkoop klinkende borden opgestapeld, en de prijslijsten hingen zwaar van de taalfouten boven het buffet; de dingen waren op een eigenaardige manier zichzelf gebleven, alsof ze daartoe een speciale krachtsinspanning hadden moeten leveren.

'Hij wil niet meer starten', legde Matthias uit, alsof Thomas' verzet hem was ontgaan. 'Vanmorgen nog vlekkeloos, maar nu gebeurt er niets.'

Thomas was om de een of andere reden al bereid om mee te gaan, maar om nog enige uiterlijke trouw te belijden aan het beeld dat hij van zichzelf had ('niet makkelijk te overrompelen') vroeg hij: 'Waarom denk je dat ik jullie zou kunnen helpen? En wie zijn jullie?' De antwoorden interesseerden hem niet werkelijk: hij had het onherhaalbare van de situatie herkend en verwachtte al geen opheldering meer; nieuwsgierig en ook berustend zou hij met Matthias naar het parkeerterrein lopen, waar hij, zo drong nu pas tot hem door, de auto met geopende motorkap zou aantreffen die hij al had zien staan. Hij had Leontine gemist, en nu werd hem dit voorgeschoteld, ter compensatie. Straks zou hij een slechte indruk maken op wie het dan ook waren, maar niets zou hem weerhouden om met Matthias mee te gaan als iemand die verstand had van auto's. De openingszin van deze jongeman had de ruimte gewijzigd (maar in een andere tijd had Thomas met 'onzin' geantwoord en was hij langzaam, ondertussen een sigaret opstekend, de trappen afgedaald, had hij nogmaals genoten van de uitdrukking *De Wijde Wereld* en had hij enige tijd met een mengeling van dadendrang en ergernis naar de staartvleugels van de stilstaande vliegtuigen gekeken).

Matthias' degelijke gezicht kreeg een milde uitdrukking, alsof Thomas' vragen op precies het goede moment waren gesteld. 'Je zult August straks ontmoeten. Hij is onze leraar.

Caspar en ik hebben hem vandaag afgehaald. Hij komt net terug uit Amerika. En wat je eerste vraag betreft: een kwestie van intuïtie. We hebben veel van August geleerd, en die vergist zich nooit.' Hij stak zijn handen in zijn zakken en scheen af te wachten, alsof hij zijn eigen beweringen welwillend aan een kruisverhoor zou blootstellen mocht dat noodzakelijk zijn – maar Thomas vroeg niet wat er met 'leraar' bedoeld werd: hij had er plezier in zijn nieuwsgierigheid op te drijven. Hij keek naar de letters 'y' in 'pryslyst' en naar de afgekloven kippepoten op de dichtstbijzijnde tafel, en hij voelde zich zonderling op zijn gemak: August en Leontine hadden misschien in hetzelfde toestel gezeten.

Hij liep met Matthias de trappen af en door de hal, van waar ze uitzicht hadden op het parkeerterrein. Honderden autodaken vormden een blikken binnenzee onder de zon.

Toen Thomas naast Matthias over het parkeerterrein wandelde, vroeg hij zich niets af. 'Het gaat uitsluitend om ervaringen,' had Schless een keer gezegd, tijdens een van die gesprekken die hele nachten in beslag namen en waarin ze alle onderdelen van hun wereld met woordkettingen aan alle andere vastmaakten, 'als er maar iets gebeurt' – of iets dergelijks. Maar had hij zojuist iets ervaren? De dingen waren doordrenkt van normaalheid, er was niets anders waarin ze uitblonken. Hij ging op zijn hurken zitten, trok zijn schoenveters los en maakte ze weer vast. 'We zijn er bijna', zei Matthias, alsof hij dacht dat Thomas vermoeid raakte.

De leraar was nergens te bekennen. Er kwam een jongeman aanlopen die zich voorstelde als 'Caspar'. Ook deze leerling was klein en droeg een leren jack, en hoewel hun gezichten niet op elkaar leken kreeg Thomas de indruk dat Caspar een *jongere* tweelingbroer van Matthias was. Hij had een fijn geconstrueerd gezicht, waarvan de nerveuze onderdelen zo dicht op elkaar stonden dat er in compositorisch opzicht een te klein deel van de beschikbare oppervlakte gebruikt werd. Hij vertelde dat de auto die morgen zonder haperen was gestart, maar dat hij dienst weigerde toen ze met August wilden terugkeren.

Thomas stond tijdens deze toelichting al over het warme motorblok gebogen, en toen Matthias de contactsleutel omdraaide klikte zelfs het relais niet. Thomas voelde zich inmiddels verplicht om met een oplossing te komen, want hoe langer hij zweeg, hoe meer ze de indruk zouden krijgen dat ze met een expert te maken hadden. Hij gaf een nutteloos rukje aan de verdeelkap en zei: 'Geef me eens een hamer.' (Lang geleden, een hete zomerdag. Zijn vader slaagt er na een plaspauze niet meer in de auto op gang te krijgen. Ze wachten in de brandende hitte op de wegenwacht. Als die eindelijk is gearriveerd volstaat hij met een ingehouden hamerslag tegen de startmotor, waarna de bezwete Stein zijn voertuig plotseling aan de gang krijgt. De eenvoud van de reparatie maakt op Thomas een diepe indruk: dat hele complexe samenstel van duizenden schroeven, ringen, bouten, tandwielen, rubberen slangen, verloopstukken, draden en klemmen, waarvan de aanwezigheid tijdelijk door niets meer wordt gerechtvaardigd, met een enkele klap teruggebracht naar het domein van de functionerende objecten – dat is om duizelig van te worden.)

Toen Thomas de startmotor gelokaliseerd had wierp hij een blik opzij. August stond op enige meters van de auto, met de afstandelijke interesse van een bezoeker met een vrijkaartje. Terwijl Thomas naar hem keek draaide hij zich om. Het was een man van middelbare leeftijd, dichter bij de vijftig dan bij de veertig, gekleed in een dunne, lichtblauwe broek, een sportief lichtblauw colbert over een witte trui en sportschoenen; hij had een gezicht dat bij de kaken breder was dan bij de donkere ogen, en een hoog voorhoofd dat zich uitstrekte van de volle wenkbrauwen tot het dikke, zwarte haar.

Thomas kon zich niet herinneren ooit zo'n prachtige man gezien te hebben. Hij boog zijn hoofd en knikte August toe, maar de leraar bleef Thomas van enige afstand bedaard aankijken; zijn gelaatsuitdrukking was vriendelijk, maar hij glimlachte niet. Hij bewoog zijn hoofd bij wijze van begroeting, maar dat ging zo snel dat Thomas er meteen aan twijfelde of hij iets gezien had. August keek alweer uit over het parkeerterrein en plaatste zijn linkerhand als een luifel boven zijn ogen. Thomas wist niet of hij iets moest zeggen, en hij richtte zijn blik op de achterklep van de auto, waarachter hij Matthias voorwerpen hoorde verplaatsen.

Caspar kwam vlak naast Thomas staan en vroeg: 'Denk je dat je het voor elkaar krijgt?'

'Het is een kleinigheid,' zei Thomas, (hij leunde nu weer over het motorblok) 'maar daarmee is nog weinig gezegd.' Hij sprak op gedempte toon, bang dat hij August zou storen in iets wat nog niet nader te omschrijven viel, en hij voelde de warmte van de zon op zijn hand, die buiten de schaduw van de voorklep en vlak achter de koplamp op de auto rustte.

August stond plotseling naast hem. 'Ik ben blij dat je bent gekomen', zei hij, met een verrukkelijke, stroperig lage stem waarin een boulevard vol mensen schuilging, maar waarin ook weer een diepe rust heerste.

Thomas stelde zich voor, maar hij stak hem geen hand toe. Augusts armen hingen strak omlaag, alsof hij was vergeten dat hij ze bezat. Hij introduceerde zichzelf niet, en Thomas zou dat trouwens als overbodig hebben ervaren bij iemand die zich volgens zijn leerlingen nooit vergiste.

'Hoe voel je je?' vroeg August. 'Voel je je goed?'

Thomas kromp in elkaar, maar ontspande zich meteen. 'Ik

weet het niet', zei hij. 'Zie ik er slecht uit?'

'Ha,' zei August met een abrupte lach, 'je wilt het van iemand anders horen.'

Caspar had zich verwijderd zonder dat het Thomas was opgevallen. Hij hoorde de leerlingen mompelen. Er klonk een geluid alsof er iets werd losgetrokken (een luik of een plank) en het afgemeten, bijna triomfantelijke 'ja', en even later reikte Matthias hem een niet al te zware hamer aan.

Thomas' vertrouwen in zijn onderneming nam snel af, en hij bereidde zich voor op de situatie die zou ontstaan als zijn poging mislukt was; het scheen onmogelijk om zich zomaar van dit gezelschap los te maken, en op het moment dat Thomas de hamer in de uitgangspositie bracht, drong het tot hem door dat hij helemaal geen afscheid *wilde* nemen. Hij was zo verbaasd dat hij even vergat om te slaan, maar het afwachtend zwijgen van de leerlingen sleurde hem weer uit zijn gedachtenstroom, en hij gaf een korte tik tegen de wand van de startmotor. Hij hoorde een doffig, solide geluid, maar met een ondertoon van breekbaarheid – als hij maar niets beschadigd had! 'Om de koolborstels los te maken', zei hij zachtjes, omdat hij niet zeker wist of het geen onzin was. Toen hij opkeek stond August weer een paar meter van hem vandaan, zijn gezicht van de auto afgewend. Matthias kroop achter het stuur en de auto startte meteen. Thomas voelde zich secondenlang intens gelukkig; hij zocht de dankbare blikken van August, maar die stond met zijn lichtblauwe rug naar hem toe en zei niets.

Matthias kwam achter het stuur vandaan en tikte Thomas tegen zijn bovenarm, en Caspar schudde hem zonder iets te zeggen de hand. De leerlingen kropen weer in de auto, en Thomas wist niet wat hij moest doen: wachten tot ook August hem bedankt had of zelf naar hem toe lopen en afscheid nemen – hij voelde zich een onverdedigbare pion die men om de een of andere reden nog niet had geslagen. De leerlingen schenen geen enkele behoefte te voelen August tot haast te bewegen of hem te storen met hun aanwezigheid, en zelfs het brommen van de stationair draaiende motor klonk bedeesd. Ze zaten naar iets onzichtbaars op het dashboard te kijken, Matthias achter het stuur, Caspar met een zonnebril op zijn neus die de compositie van zijn gezicht aanmerkelijk verbeterde. Waarom zei August niets en bleef hij met zijn rug naar hem toe staan? Dankbaarheid, dacht Thomas – eigenlijk had hij niets gepresteerd: het had bijna iets kinderachtigs om op deze manier een auto weer aan de praat te krijgen, alsof hij zijn zin had gekregen bij iets van ondergeschikt belang. Hij stond te wachten op iets wat hij zelf niet kon definiëren.

Hij stak een sigaret op, een handeling als een schuilplaats midden op deze toendra van steen en blik. Over een minuut zou hij weggaan, of er nu iets gebeurde of niet.

August draaide zich om en zei: ‘Bedankt voor de hulp. Ik geef je ons telefoonnummer. Kom je ons dan opzoeken?’

Nog voor August uitgesproken was stond Thomas te trillen van blijdschap. Een rank vliegtuig koerste langs een ongeloofwaardig steile diagonaal de avondhemel in, maar het bijbehorende geluid scheen van elders te komen.

2

Alle geslaagde avonden leken op elkaar, maar de mislukte waren uniek – misschien was dit een van die diepe waarheden die je volgens Niels Bohr herkende aan het feit dat het tegenovergestelde ook een diepe waarheid was. Misschien, want Thomas was na een avond gezamenlijk televisiekijken zo ontevreden dat hij vreesde voor geen enkele waarheid ooit nog werkelijk toegankelijk te kunnen worden. Ze hadden gekeken naar een documentaire over de produktie van stearinekaarsen en naar een spelletje waarin deelnemers elkaar met natte dweilen van een met zeep ingesmeerde balk probeerden te slaan, en de verveling had zich geleidelijk van zijn hele lichaam meester gemaakt. 'Vroeger', zei hij traag, alsof hij een oude sage ging vertellen, 'hadden we het nog weleens over de vrije wil en over waarschijnlijkheidsgolven en over de mogelijkheid van een rationele ethiek. Wat is er met ons gebeurd?'

Niemand nam de moeite te antwoorden. Schless had nog geen enkele lamp in zijn ouderwets hoge kamer ontstoken, en het blauwgrijze licht van de beeldbuis voerde de strijd tegen de duisternis geheel alleen. Thomas kon de gezichten van zijn vrienden nog herkennen, maar hun gelaatsuitdrukking viel niet te peilen – wat dacht Hessel bijvoorbeeld (wiens afstudeerfeest ze vanavond hadden voorbereid), oog in oog met een volkomen nieuwe fase? Hij was na het afbreken van zijn Leidse rechtenstudie al die jaren heen en weer blijven reizen naar Rotterdam (een veelbetekenende trouw aan zijn woonomgeving), en nu was hij de eerste die zover was gekomen. Misschien wachtten ze allemaal op hem, alsof hij een verkenner was die gebieden in kaart moest brengen die de hoofdmacht pas later zou betreden. Hij had een scriptie geschreven over de invloed van Keynes op de economische theorievorming na 1945. Thomas had een poging gedaan er een paar bladzijden uit te lezen, maar hij had de stapel betikt papier al snel met een afwerende stortvloed van complimenten terzijde gelegd. Hessel zou iemand kunnen zijn die zijn timiditeit aflegde en geniaal werd zodra je hem een tijd alleen liet met een typemachine, en het was niet ondenkbaar dat hij als enige van de kring iets buitengewoons zou presteren. De begeleidend docent had zich al lovend uitgelaten over Hessels werk: het eerste blaadje dat bewoog voordat het onweer van de roem losbarstte – maar Hessel gedroeg zich de laatste maanden als een banneling die zijn vaderland miste, en de bemoedigende woorden en felicitaties van zijn vrienden zakten in hem weg als in poreuze grond. Schless raadde hem aan naar zijn vriendin in Schotland te gaan of een populariserend tijdschriftartikel over Keynes te schrijven, waar Hessel met matte stem op antwoordde dat hem dat een goed idee leek.

De avond was nog niet voltooid, en Thomas schonk zijn glas voor de derde of vierde keer vol – zoals gebruikelijk wachtte hij ergens op. Hij kruiste zijn benen en keek naar het sierstucwerk van het plafond. In het karige licht van de televisie leek het alsof hij van bovenaf naar een ondergesneeuwde Franse kasteeltuin keek: er was geen boom te bekennen, en kaarsrechte heggen strekten zich uit van noord naar zuid en van oost naar west; in de hoeken van het terrein had men complexe, uit hele en halve cirkels samengestelde doolhoven gebouwd. In het centrale gedeelte verhief zich een melkwitte kelk, die op een dunne steel balanceerde.

Nadat er geklopt was deed Schless het licht aan en opende de deur. 'Meneer Reedijk', zei hij opgelucht, alsof hij van de bezoeker het antwoord op een lang geleden gestelde vraag verwachtte.

De jongeman die binnenkwam was bijna twee meter lang. Hij had dik, donker haar en een karakteristiek onknap gezicht, waarvan de bleke wangen door kleine kraters geschonden waren – een te vroeg opgekomen maan. Hij stond enigszins voorovergebogen, alsof hij zich geneerde voor zijn lengte; zijn hele verschijning belichaamde een excuus, maar drukte ook ergernis uit over de onvrijwilligheid daarvan.

Schless duwde Reedijk de kamer in en zei: 'Vrienden, mag ik jullie aan mijn nieuwe buurman voorstellen? Jan Reedijk, nog bij zijn leven werkloos fotograaf. En dit' – Schless vatte met een geolied gebaar de ademende inhoud van zijn kamer samen – 'zijn mijn vrienden.'

De fotograaf schudde iedereen de hand, en vervolgens nodigde Schless het gezelschap uit om bij zijn buurman zowel naar de drankvoorraad als naar diens verzamelde werken te gaan kijken.

Reedijks bezittingen bevonden zich nog in kartonnen dozen, verspreid door een ruimte die door een overdaad aan TL-buizen en bureaulampen was verlicht; twee hoge tuindeuren gaven vermoedelijk toegang tot de in het donker gehulde achtertuin. Thomas raapte werktuiglijk een krant van de vloer en las dat John Lennon dood was (een naam die ondanks zijn afkeer van populaire muziek wel iets voor hem betekende), maar hij was verbaasder over het feit dat het nieuws al vier maanden oud bleek te zijn. Wie waren er verder doodgegaan in de tijd dat hij geen kranten inkeek?

Terwijl Reedijk op zoek naar zijn wijnglazen de ene doos na de andere moest openen, bekeken zijn gasten de wanden, behangen met zwart-witfoto's waarvan sommige een meter breed waren. Eén foto toonde een ontmantelde fabriek, met op de voorgrond een stapel ijzerafval, de egaal grauwe hemel zichtbaar door de gaten in het dak. De titel stond eronder: *Ook het slachthuis is afgebroken.* Vlak daarnaast hing de reproduktie van een beroemde Magritte, de afbeelding van een pijp begeleid door de sierlijk geschilderde tekst *Ceci n'est pas une pipe*, omgeven door een bredere lijst met het onderschrift *Ceci n'est pas une peinture.* Een andere foto, met een betonnen paal waar een menselijke schaduw achter vandaan kwam, was getiteld *Zelfportret.* 'Het is allemaal niet veel zaaks,' zei Reedijk zonder zijn zoektocht te onderbreken en met een stem die door zijn ineengedoken zoekhouding vervormd doorkwam, 'ik zit alweer in een heel andere fase.'

Schless vouwde een stuk fotopapier open dat als een gebedsrol voor de tuindeuren lag, en samen met Thomas bracht hij de omkrullende hoeken tot kalmte met twee delen van een encyclopedie. De opname was in de hal van een modern gebouw gemaakt. Op de voorgrond doorbraken grote plantenbakken de eentonigheid van een betegelde vloer, en op de achtergrond en over de hele breedte van de foto bevond zich een nette bakstenen muur, geflankeerd door wenteltrappen die aan de bovenkant achter het door lange, zwarte balken onderbroken houten plafond verdwenen. Thomas zei dat je dit soort foto's in ieder architectuurtijdschrift zou kunnen tegenkomen, maar Schless strekte zijn wijsvinger naar de linker wenteltrap: daar zagen ze een damesschoen en een kuit, toebehorend aan een vrouw die zich met haar bovenlichaam en gezicht reeds op de volgende etage bevond. Toen ze de foto weer vrijlieten zagen ze het briefje op de achterkant: *Het vertrek. Afwezigheid no. 11.*

Reedijk bracht hun een glas wijn en lichtte toe: 'De eerste tien afwezigheden heb ik weggegooid – ze zijn dus op een dubbele manier afwezig geworden. Ik krijg soms de indruk dat het geen zin heeft om foto's werkelijk weg te gooien: ze blijven in je hoofd en ze dwingen je weer tot variaties.'

'Hij heeft van die momenten,' zei Schless, 'maar verder merk je niets aan hem.'

Ze namen een slok van hun wijn, en ze tuurden in het duister van de tuin. Het woord 'afwezigheid' deed Thomas aan een vernietigde aarde denken, achtergelaten door een uitgestorven mensheid. 'Sommige denkers hebben beweerd', zei hij, 'dat de taal nog bestaat als alle mensen dood zijn: een heel opwindende gedachte! De aarde is weer woest en ledig, de zure regen daalt gestaag, maar de grammatica zweeft als eens de geest Gods over de wateren, op zoek naar vergrijpen tegen de woordvolgorde.'

Schless keek beurtelings naar Reedijk en Thomas, en hij duwde zwijgend een stukje kurk langs de rand van zijn glas omhoog. 'Het moet', zei hij in het vadsige spreektempo dat hij aanhield als hij iets sarcastisch' zei, 'de invloed van de drank zijn.'

De anderen hadden een kring gevormd om een paar flessen Bereich Bernkastel – een glazen kampvuur. Ze dronken een tijdje in stilte, totdat Viktor het etiket van een fles begon voor te lezen, maar ook daarna kwam er geen gesprek op gang. Schless pulkte aan het tot op de draad versleten vloerkleed onder zich, en Reedijk ritselde met een prop krantepapier, het voormalige verpakkingsmateriaal van de wijnglazen. Het leek erop alsof hij de drukkende plicht voelde om een joviale, onderhoudende gastheer te zijn maar niet wist wat hij moest zeggen en daarom nog een paar glazen uitpakte.

Toen ook Reedijks wijn was opgedronken wachtte Thomas nog steeds op een gebeurtenis.

Ze lagen zwijgend te roken tussen de kartonnen dozen, luisterend naar Haydns *Die Jahreszeiten*. Nadat de boer 'Sei nun gnädig, milder Himmel' had gesmeekt, stelde Schless voor het huis eens te gaan bekijken; hij had het zelf ook nog niet gezien. Thomas kreeg de indruk dat de vloer van de kamer voorzichtig bewoog, alsof het gebouw op een overigens kalme zee dreef, maar hij juichte dit initiatief toe. 'De verste reizen voeren naar huis', zei hij zonder dat iemand reageerde.

Viktor en Hessel gingen niet mee, maar Thomas drong met Schless en Reedijk door tot de ingewanden van het pand. Ze liepen brede gangen in en bestegen luxueus uitgevoerde marmeren trappen, en steeds als ze een deur openden bevond zich erachter een hoge, lege kamer of weer een trap. Thomas genoot van de honderden kubieke meters leegte om zich heen, van de kamers vol onbenutte mogelijkheden en combinaties van niet geplaatste meubels, van de uitgestorven gangen en de kale, geelwitte plafonds die het mooist waren als ze door naakte gloeilampen werden verlicht. Ze openden iedere deur die ze passeerden; soms waren de planken van de vloer zichtbaar, maar in andere kamers waren ze bedekt met in vermoeide pastelkleuren uitgevoerde tapijten. Af en toe vonden ze een eenvoudige stoel, zoals je die in wachtkamers aantreft, midden in de ruimte opgesteld voor een bezoeker die nooit meer zou komen. In een van de vertrekken hing een reproduktie van Hoppers *Kamers aan zee*, een kamer met een geopende deur waarachter de zee zichtbaar was, maar verder zagen ze niets dat de moeite van het ontvreemden waard zou zijn geweest. Als er geen elektrisch licht was en de kamer niet aan de door lantaarns verlichte straatkant lag, liepen ze begerig een paar minuten rond in de lauwe, stoffige duisternis, alsof het ontbreken van licht een privilege was, ver verheven boven de mogelijkheid om uit vrije verkiezing de schakelaar niet om te draaien. De duisternis heeft een paradoxale eigenschap, dacht Thomas, ze breidt de ruimte uit, ze maakt de ruimte leger, maar ze maakt haar ook tastbaar, alsof ze het verlies wenst te compenseren. Ze zouden eigenlijk op de grond moeten gaan liggen zonder een woord te spreken – maar daarvoor waren ze natuurlijk te vitaal en te angstig, verslingerd aan een omgangsstijl die je niet kon wijzigen zonder een afgrond op te roepen. Ze maakten aan de lopende band grappige opmerkingen, maar het viel Thomas op dat het onnatuurlijk was om in het donker geestig te zijn, alsof twee substanties elkaar niet goed verdroegen. Hij voelde zijn vrienden in de nabijheid – ze waren lichamelijker dan gewoonlijk, en hij moest steeds opnieuw de behoefte onderdrukken hen aan te raken.

De laatste trap was smal, van recentere datum dan de rest van het huis. Voordat ze hem begonnen te beklimmen zei Schless dat je van buitenaf kon zien dat er een vertrek met grote ramen was bijgebouwd, alsof er, net als in een sprookje, een theehuis vanuit een tuin was opgestegen en op het dak van het huis geland. Hij had met opzet gewacht op een gelegenheid om samen met zijn vrienden op onderzoek uit te gaan. 'De slappelingen weten niet wat ze missen', zei hij, doelend op Viktor en Hessel.

'Verwacht je iets bijzonders te vinden?' vroeg Reedijk op een toon die monter moest klinken, maar met het onherbergzame gezicht dat daarmee in tegenspraak was. En toen Schless hem verbaasd aankeek, legde hij uit: 'Alle kamers zijn tot nu toe immers leeg?'

'En dat zegt een fotograaf die een theorie van het verkeerde moment aanhangt', zei Schless met een gelaatsuitdrukking die vermoeidheid nabootste. (Ooit hadden zijn vrienden de gewoonte aangenomen om hem bijna uitsluitend met zijn achternaam aan te duiden. Dit verschijnsel deed zich op de sociëteit vaker voor en berustte soms op kameraadschap, soms op spot, maar bij Schless maakte het de indruk van een bewust verleend voorrecht. Zijn voornaam paste zo langzamerhand niet meer bij hem en kon, als iemand hem dan eens op intieme wijze wilde toespreken, hooguit worden vervangen door een variant.)

'Het verkeerde moment,' zei Thomas, 'dat klinkt wel als het laatste waar een fotograaf naar op zoek zou moeten gaan.'

'Het is dan ook onzin,' zei Reedijk met een somber gezicht, 'soms zwets ik maar wat.'

Schless zei: 'Hij is te bescheiden. Jan heeft jaren aan zijn theorie geschaafd, maar nu is er dan ook geen kosmische speld meer tussen te krijgen.'

Thomas hield zijn reisgenoten een sigaret voor, en ze rookten in de schemering onder aan de trap, wachtend op Reedijks antwoord. 'Hij houdt me voor de gek', zei Reedijk ten slotte, met een gebaar naar Schless. 'Ik heb geen theorie. Het is meer een gevoelsmatig inzicht, als er zoiets bestaat. Ik weet nooit van tevoren of ik op het juiste spoor zit, maar als ik een foto heb genomen weet ik heel zeker of ik inderdaad het goede, verkeerde moment heb vastgelegd.'

'Ja', zei Thomas. Hij zocht steun bij een deurpost, omdat het huis een onverhoedse beweging maakte.

'Alles beweegt', zei Reedijk aarzelend. 'De materie is ijl geworden, veel ijler dan de geest ooit geweest is. Er bestaan geen afgegrensde, meetbare ogenblikken, en je kunt ze dus ook niet fotograferen. Als fotograaf moet je de momenten creëren. Het is onzinnig om op zoek te gaan naar "goede momenten", want wat je ook meet of analyseert of fotografeert, weten de moderne fysici, je hebt het gemist. Volgens mij' – Reedijks manier van praten had in de loop van zijn verhaal aan beslistheid gewonnen – 'komt het er voor een foto op aan heimwee op te wekken naar het zojuist gemiste moment.'

'Is hij niet geweldig?' zei Schless. 'En helemaal uit zijn hoofd!'

'Jan heeft gelijk', zei Thomas. Hij had niet erg geconcentreerd geluisterd, maar hij had Reedijks toon overtuigend gevonden. Hij wilde over de bewogen foto beginnen die hij eens van zijn vader gemaakt had, maar hij liet het achterwege.

Schless ging hen voor, de trap op, naar een deur die er hermetisch afgesloten uitzag, maar die zonder een spoor van verzet terugweek toen Schless de klink omlaagduwde. Ze betraden een aan drie zijden van ramen voorziene ruimte, net als de kamers aan de straatkant indirect verlicht door de lantaarns van het Plantsoen. Er stond een donker object voor het raam tegenover de deur, dat ondanks het schemerduister meteen als een bureau te herkennen viel, en aan de rand van het blad was een moderne, beweegbare lamp vastgeschroefd. Schless nam plaats op de verstelbare bureaustoel en knipte met een achteloos gebaar de bureaulamp aan.

De rest van de kamer was leeg. Afgezien van het bureau en de stoel, die er nog nieuw uitzagen, was er niets in de kamer dat op permanente bewoning wees. Hun voetstappen klonken hol op de gladgeschuurde houten vloer, en boven de opvallend schone ramen waren zelfs geen gaten van een eventueel verwijderde gordijnrails te zien. De kamer zag eruit als een kamer die nog nooit bewoond was, ingericht voor iemand die haar nooit bezocht.

Schless opende één voor één de bureauladen; de snel wegstervende metalen echo's verrieden meteen dat ze bijna of helemaal leeg waren. Terwijl zijn vrienden ieder op hun manier de kamer doorkruisten hield Thomas zijn adem in, maar toch leek het alsof hij het niet zelf was die zijn middenrif onder druk zette en zijn luchtpijp vernauwde: het had de hele avond gewacht, maar nu wilde het zich bekend maken. Hij ging na of zijn vrienden er nog waren: ze deelden de ruimte met hem, maar ze waren niet met hem samen. Hij wilde zeggen dat er iets aan de hand was, maar hij kon de goede woorden niet vinden – het had niets met angst te maken, of misschien herkende hij het niet als angst: het was iets anders. Hij liep een paar passen op en neer om zijn gevoel van werkelijkheid terug te krijgen. Voelde hij zich onaangenaam of ervoer hij een onbekend soort welbehagen? Nu hij erover nadacht werd het ijl en trok het zich terug.

Maar van het ene moment op het andere werd hij angstig – hij trachtte de lucht diep in te ademen, maar nu leek het of hij boven in zijn longen te weinig ruimte had: sterven aan zuurstofgebrek! Omdat hij zijn stem wilde gebruiken zonder iets idioots en willekeurigs tegen de anderen te hoeven zeggen begon hij te hoesten – het moet weggaan, dacht hij, ik ben er niet aan toe, ik weet dat het bestaat, laat dat voorlopig voldoende zijn. Hij bukte zich, trok een schoenveter los en maakte hem weer vast, en toen hij opstond was de angst geweken.

Ze stonden een paar minuten voor het raam, uitkijkend over het donkere Plantsoen, waarvan de bomen het zicht op de singel belemmerden. Ver weg hoorden ze het eenzame en donkere gerommel van een verkeersvliegtuig, maar er was niet veel fantasie voor nodig om je een aanzwellend onweer voor te stellen, de bekroning van een dag die geen enkele belofte had ingelost.

3

Het licht werd door de voorbijgereden bomen in pijnlijke fragmenten verdeeld. Thomas passeerde een rij grote veilinghallen waarvan de daken in vloeibaar zilver gedompeld leken.

Hij reed onder een viaduct door. Er stond een politieauto te wachten, maar het was onduidelijk waarop. De zon talmde met ondergaan.

Het leven ter hand nemen, dacht Thomas.

Op het moment dat Viktor de keuken binnenkwam, zat Thomas aan de tafel Augusts adres in zijn agenda te schrijven. Viktor wekte meteen zijn ergernis op, en alsof hij Thomas een rechtvaardiging voor deze gemoedsstemming wilde bezorgen, zei Viktor: 'Bravo. Je hebt haar gemist. Ze heeft opgebeld dat ze thuis is. Ze komt straks hierheen.'

Thomas verdrong zijn schuldgevoel en sloot zijn agenda. De duisternis heerste vierkant achter de ramen. Viktor zei een tijdlang niets, en misschien om te verhullen dat hij op een antwoord wachtte, bladerde hij door een krant. Ze waren alleen in de keuken, en de atmosfeer was al doortrokken van Leontines naderende komst. Ergens in het gebouw stond iemand te zingen, beheerst door een enthousiasme dat Thomas onbegrijpelijk voorkwam. Hij sloeg zijn agenda weer open en staarde naar Augusts adres, de bekendste gracht van Leiden en volgens sommigen de mooiste van Europa. Hij had zich laten manipuleren doordat hij zo krachtig had geprobeerd dat te verhinderen (maar natuurlijk had August geen enkele poging ondernomen hem zijn wil op te leggen:

niemand had ooit op zo'n manier niets gewild).

Hij trok aan zijn sigaret en luisterde naar het zacht knisperend verbranden van het papier. Hij was in een opgewekte stemming naar huis gereden, omdat August had gezegd dat Thomas hem maar eens moest komen opzoeken. De leraar had zijn adres en telefoonnummer genoemd, en Thomas had ze tijdens de rit naar huis voortdurend herhaald, verbaasd over het belang dat hij aan de ontmoeting hechtte.

Toen hij terugkwam van het toilet was Leontine al gearriveerd. Ze stond bij de hoge, zwaar beschadigde koelkast met Hessel en Viktor te praten, en Thomas kreeg de indruk dat ze hem al had gezien voordat ze haar gezicht met een lichte vertraging (om haar toehoorders niet te beledigen) naar hem toedraaide.

Great Falls, Missoula, Helena – ze zaten te roken bij de restanten van de maaltijd, luisterend naar Leontines verhaal over haar verblijf in de Verenigde Staten. Ze droeg een spijkerbroek en een wijde, rode blouse van dunne stof. Thomas zat naast haar. Hij had een luisterende houding aangenomen, zijn hoofd rustend in zijn rechterhand, zijn linkerhand zoekend naar de laatste losse doperwten, om ze weg te schieten. Vanaf nu zou zijn bestaan ingewikkelder worden.

Hij probeerde naar haar te luisteren, maar al zijn aandacht richtte zich op haar oogharen, de lijnen van haar mond, de sproeten op haar jukbeenderen. Plotseling was ze geworden wie ze nu was, omdat niemand op haar gelet had. Hij had haar moeten schrijven, om zich een plaats te verwerven in haar bestaan op het moment dat ze bloeide en in beweging was, zodat zijn persoon met haar zou zijn vergroeid – maar behalve dagboekaantekeningen schreef hij nu eenmaal niets, geen gedichten, geen brieven, zelfs niet aan zijn moeder, en voor deze nalatigheid zou hij de komende maanden ongetwijfeld worden gestraft. Twee of drie brieven zouden voldoende zijn geweest, hij zou iets hebben gehad om naar te vragen of op terug te komen, zodat hij duidelijk zichtbaar voor iedereen meer met haar te maken zou hebben gehad dan de anderen – momenteel was hij niet eens iemand naar wie ze was *teruggekeerd*.

Hij liep naar de koelkast en vroeg wie er iets alcoholisch wilde drinken. De mensen rond de tafel begonnen opgewonden als bestolen toeristen door elkaar te praten. Hij pakte flessen witte en rode wijn, en hij sleepte een krat bier van het balkon. Toen hij voor Leontine een glas had ingeschonken durfde hij haar nauwelijks aan te kijken. 'Ik ben jaloers op je,' zei hij om zijn onwennigheid te verbergen, 'je zult je nu wel heel zelfstandig voelen, na zo'n lange reis.'

Leontine pakte het glas met twee handen vast, maar hief het niet van de tafel. 'Ik voel geen grote verandering,' zei ze, 'of die moet heel geleidelijk zijn geweest.'

De geleidelijkheid, opnieuw – en hij keek haar alweer veel te lang aan. 'Je haar is korter', zei ze. 'Heb je het laten knippen?'

Thomas vervloekte in stilte zijn bezoek aan de kapper, enige maanden geleden. Ze vond hem minder aantrekkelijk geworden, lang haar was natuurlijk innemender, vager, abstracter, het was een oerwoud waar de vrouwelijke fantasie in kon dwalen.

Twee eerstejaars zetten de televisie aan – iemand had de paus maar eens neergeschoten. Hessel en Viktor gingen van tafel om zich bij de andere kijkers te voegen, maar Leontine bleef zitten, en ze nam de sigaret aan die Thomas haar voorhield. Hij voelde een korte, stekende vreugde: had hij eigenlijk wel een probleem? Was er iets veranderd sinds de doodstille momenten die hij met Visser had doorgebracht?

Maar nadat hij naar het spierwitte haar van Hessel had gekeken, sijpelde zijn opgewektheid alweer weg; er waren crises die zo vaag en langdurig waren dat ze begonnen samen te vallen met het tumult van het leven, ze werden onzichtbaar, misschien trokken ze zich zelfs heimelijk terug met achterlating van het onuitroeibare virus van de alledaagsheid – en terwijl hij zat na te denken tuurde Leontine over de hoofden van de studenten heen naar het versufte gezicht van de tegen het Sint Pietersplein geworpen Heilige Vader, alsof het onderwerp haar werkelijk interesseerde. Ze was dicht bij hem, de vrouw van de dromen die hij nog niet gedroomd had, ze zaten as af te tikken in dezelfde asbak, hun lichamen binnen elkaars invloedssfeer, maar ondertussen zei hij niets, iedere taalloze seconde liet hij het na om invloed op haar uit te oefenen.

Thomas bewoog zijn hand naar het midden van de tafel en schoot een doperwt het heelal van de afdelingskeuken in. Leontine lachte en zei: 'Waar zit je aan te denken? Verveel je je een beetje?'

'Integendeel', zei Thomas. 'Ik zat te denken' (hij dacht nog helemaal niets) 'hoe vreemd het is dat een mens vlak naast je kan zitten en dat je zijn verleden niet kent: miljarden eenheden informatie op enkele handbreedtes afstand, maar toch voor altijd onbereikbaar.' Dit was een nietszeggende opmerking, besefte hij, en hij schoof de asbak naar links en vervolgens van zich af, alsof hij een sprong met het paard maakte. Er werd iemand van het plein weggevoerd die als het ware onzichtbaar was door het geschreeuw om hem heen.

'Je kunt erover praten,' zei Leontine, 'maar dat is natuurlijk te weinig.' Ze sprak het woord 'natuurlijk' uit alsof ze Thomas een voorstel deed dat haar zelf ontoereikend voorkwam.

'Te weinig,' zei Thomas – hij sloeg zijn wijn achterover en vulde zijn glas meteen daarna – 'altijd te weinig,' vervolgde hij, 'maar ook dat is niet helemaal wat ik bedoel.'

'En wat bedoel je dan wèl helemaal?' Haar stem klonk onverwacht serieus, zodat hij zich onder druk gezet voelde. Ik moet, dacht hij, net zo warrig spreken als mijn haar zou zijn geweest als ik de kapper niet had bezocht – de kwesties zijn trouwens werkelijk gecompliceerd. Maar hoe kan ik haar duidelijk maken dat ik werkelijk besta? Hoe krijg ik zo snel mogelijk gestalte? Over mezelf spreken, over haar? 'Het laat zich niet bespreken,' zei hij, 'we worden omringd door raadsels.'

Leontine drukte haar sigaret krachtig tegen de bodem van de asbak, als een patiënte die een opmerking van haar huisarts niet goed begrijpt, en Thomas keek naar het gouden kettinkje dat duur en erotisch om haar pols tinkelde. Hij was alweer vergeten wat hij gezegd had. Misschien leed hij aan een acute vorm van het vage panerotisme waardoor zoveel mannen beheerst werden: de voorstelling dat je geluk grenzeloos zou zijn als je met alle vrouwen die je begeerde daadwerkelijk de liefde kon bedrijven.

Het liep tegen twaalven, en Thomas luisterde naar de vaatwasgeluiden uit de naastgelegen studentenflat. Op het moment dat Viktor de balkondeuren wilde sluiten omdat het fris begon te worden, weerklonk de lawaaierige motor van een Volkswagen.

Thomas liep meteen naar de balustrade en wierp een brandende sigaret in de struiken langs het parkeerterrein – niet omdat hij opgerookt was, maar omdat het gebaar hem beviel. Hij herkende de gebogen gestalte van Reedijk (die misschien wat gezelligheid kwam halen), vergezeld door de veel kleinere Schless (of die iets kwam brengen of halen was Thomas nooit duidelijk geweest). 'Bezoek,' riep hij de donkere keuken in, 'Reedijk en Schless.'

Hessel en Viktor liepen naar de gangdeur en schreeuwden de klimmende bezoekers allerlei onverstaanbare geestigheden toe, hun stemgeluid versterkt door het met lege kartonnen dozen en oude fietsen versierde trappenhuis. Thomas kende het soort antwoorden dat Schless meestal gaf: 'zwijg, stelletje vensterloze monaden', 'wat is dit voor geestelijk onkruid' en 'er zijn grenzen aan mijn onredelijkheid'.

Voor het eerst was Thomas nu enkele momenten met Leontine alleen. Hij dacht na over de een of andere markante opmerking die zijn aanwezigheid voor altijd zou bevestigen, maar ze begon al te praten: 'Ik hoor Schless', zei ze. 'Wat is eigenlijk een monade?' En vervolgens: 'Ik ben heel benieuwd naar die Jan Reedijk.'

Thomas voelde de nadering van zijn vriend plotseling als een bedreiging: Schless was een concurrent, hij had ervaring met vrouwen, en nu Leontine uit Amerika terug was zou ze zijn charmes voor het eerst begrijpen. 'Langskomen op dit tijdstip is een beetje studentikoos,' zei hij, terwijl hij naast haar ging zitten, 'maar daar moet je maar begrip voor hebben, het is natuurlijk allemaal ter ere van jouw terugkeer.'

'Doe niet zo oubollig', zei ze. 'We blijven nog een hele tijd student.'

De bezoekers kwamen de hal binnen, en de stemmen van Hessel, Viktor en Schless raakten als in een geknoopt tapijt met elkaar verbonden, terwijl Reedijk zich tot twee of drie losse draadjes beperkte. Thomas vond het vervelend dat hij Leontines gezelschap met anderen moest delen; als hij de tijd kreeg om haar het een en ander uit te leggen zou ze begrijpen met welke problemen hij kampte – maar waarschijnlijk was het raadzamer om haar nog niet aan de complicaties van zijn ziel bloot te stellen.

Schless pakte Leontine stevig bij de schouders en zoende haar op het voorhoofd. 'Ha die Rolf,' zei ze, 'wat leuk dat je

Jan hebt meegenomen.' Ze wendde zich meteen tot Reedijk, die haar met ingetogen zorgvuldigheid kuste. 'Ik heb veel over je gelezen', zei ze.

Reedijk knikte, als een verdachte die zojuist een zwaar, maar voorspelbaar vonnis heeft aangehoord. 'Viktors brieven natuurlijk. Wat heeft hij allemaal geschreven?'

Thomas kreeg de indruk dat Reedijk geen raad wist met Leontines hartelijkheid en uit onwennigheid een vraag stelde, maar Leontine ging er rustig op in: 'Hij zei dat je altijd serieus bent', zei ze, 'en dat komt niet zoveel voor.'

'Ons optreden wordt verziekt door ironie,' zei Schless, 'een hoogst verderfelijke ontwikkeling.'

Thomas was op de bank blijven zitten en hoopte hartstochtelijk dat Leontine weer naast hem zou plaatsnemen, want dat zou betekenen dat ze zich bij hem op zijn gemak voelde. Hij moest zorgen dat hij wat vrolijker klonk.

'We zijn een beetje laat,' zei Reedijk, 'maar we hebben elkaar gefotografeerd – een nieuwe klopjacht op het moment.'

'Jan heeft er medicijnen voor gekregen,' zei Schless, 'maar hij *weigert* ze in te nemen.'

'Is hij de laatste tijd altijd zo?' vroeg Leontine aan Thomas.

'Helaas wel', zei Schless.

'Ik bedoelde jou', zei Leontine.

Thomas werd getroffen door een plotselinge somberheid. De meligheden van Schless en de duisternis sloten zijn humeur in, en hij dacht aan de onoverbrugbaarheid van de kleine afstand die hem van Leontine scheidde. Ik moet mijzelf verlossen, dacht hij, van de tactieken die mijn gedrag bepalen. Hij herinnerde zich de omschrijving die Schless, lang geleden uitkijkend over de daken van Den Haag, eens van zichzelf gegeven had – 'als je je een weg kapt door het struikgewas van mijn gedrag, dan kom je op een open plek:

mijn ziel' – en soms, als Thomas zijn gevoel voor nuances tijdelijk verloor en zijn werkelijkheid veranderde in onafzienbare oppervlakte, werd hij bevangen door de vrees dat iedereen een open plek had, een plaats die met een overvloed aan cultuur aan het zicht onttrokken moest worden, aan dat van anderen en vooral aan dat van jezelf, want de aanblik ervan zou je voorgoed doen bevriezen en vanaf dat moment ieder gevoel en iedere waarheid als een projectie ontmaskeren.

Nog later die nacht ging de hele groep bij het licht van enkele lantaarns een partijtje voetbal spelen op het gazon voor de zusterflat, een hoog gebouw waarin uitsluitend verpleegsters woonden. Soms bekeek Thomas het met intense belangstelling: een hoge schacht die tot de nok gevuld was met vrouwen in de huwbare leeftijd. De Wijzen beweerden dat de zinnen niet te verzadigen waren, ook al zou je tot ver in de eeuwigheid overvloedig eten, drinken, roken en vrijen – de zucht naar genot was een bodemloze emmer, en er school iets gruwelijks in deze gedachte, alsof daarmee ook het beperkte, zorgvuldig berekende genot van het alledaagse ondermijnd werd.

Leontine had een trui van haar broer geleend – het verbaasde Thomas dat Viktor meer dan één trui had – waarin ze over het kortgemaaide gras rende. Steeds als ze ging schieten hield ze in en slingerde ze haar voet naar voren, waarbij ze de bal onveranderlijk met de punt van haar schoen raakte. Thomas rende haar achterna en was bevangen door de lust om haar in het koude gras te drukken, zogenaamd in een duel om de bal. Hij zou met zijn handen over haar trui gaan en de welvingen van haar borsten onder de wol voelen, hij zou zijn lippen tegen de hare drukken en hun vingers zouden met elkaar verstrengeld raken. Waarom kon je niet doen waar je zin in had? Het verschijnsel mooie vrouw belichaamde de volmaakte ambivalentie: enerzijds wist je, als je er een zag, dat het leven veelbelovend was, maar anderzijds werd je meteen geconfronteerd met een onversneden vorm van het tekort. Maar het zat, bedacht Thomas terwijl hij uithijgde van een nutteloze sprint, nog ingewikkelder in elkaar: een mooie vrouw was een verwijzing naar een ander genot, een ervaring die verborgen bleef, maar genot was niet het goede woord, het ging om belevenissen van een andere orde.

Leontine dook weg voor de bal die Schless plagerig op borsthoogte aanspeelde. Thomas zag de lange schaduwen van zijn vrienden in het gras, dat door het lantaarnlicht van een onbegrijpelijke substantie werd. De vijver, die het gazon half omsloot, lag donker en bewegingloos, en aan de overkant werden de dikke stammen aan de rand van het kleine bos door het kunstlicht losgemaakt uit de duisternis erachter. De eetzaal van het zusterhuis was verlaten, en de tientallen stoelen die rond de tafels stonden waren vervuld van een concentratie die alleen nachtelijke objecten kunnen hebben.

Plotseling kreeg hij de bal van Reedijk aangespeeld; hij schoof hem rechts langs Schless en passeerde zelf linksom, en hij sprintte in de richting van de twee opgevouwen jassen die de doelpalen vormden waartussen Leontine hem lachend stond op te wachten. 'Uitlopen', riep Schless haar toe, en meteen daarna deed ze een paar stappen naar voren, zwaaide haar been naar achteren, miste de vlak langs haar standbeen geschoten bal en trof Thomas met haar puntige schoen vol op zijn scheenbeen.

4

Zijn moeder zwijgt. In opdracht van zijn vader heeft hij thee gezet en beschuitjes gesmeerd. Er zit fijne dunne basterdsuiker op. Hij zet het dienblad naast het bed. Zijn moeder ligt naar het plafond te staren. Ze aait hem zonder te kijken over zijn haar. 'Je moet nooit worden zoals ik', zegt ze. 'Soms zit er een groot zwart beest in me. Het wil er niet uit.'

De lucht in de kamer is dik geworden. De geluiden van de straat klinken vreemd, alsof ze van heel ver weg komen. Er komt akelig licht door de gesloten gordijnen. De piano lijkt nog zwarter dan anders, en de grote toetsen hebben een vage witte tint, alsof het mist. Soms speelt zijn moeder een wijsje, snel en zenuwachtig, met twee handen tegelijk. Ze moet vaak opnieuw beginnen. Als zijn vader tegen zijn moeder schreeuwt lijkt het soms alsof zijn stem zwaar en donker uit de kast van de piano komt. 'Je bent volslagen geschift,' roept hij dan, 'jou mankeert niets, je moet uit je bed komen en aan het werk gaan.' En het lijkt alsof de piano antwoord geeft, net als de echoput in Gelderland.

Hij kent geen andere moeders die de hele middag op bed liggen. Zijn vader zegt weleens tegen hem: 'Je moeder is mijn noodlot.' Noodlot is een mooi woord – zijn vader gebruikt het ook als hij een televisie niet kan repareren. Noodlot heeft te maken met alle problemen die je niet kunt oplossen.

'Ik maak me zorgen', zei Thomas' moeder. Ze zaten voor het raam, uitkijkend over de namiddagse grauwheid van de straat. Thomas doopte een biscuitje in zijn thee en stopte de week geworden massa in zijn mond. Hij luisterde maar half, want zijn moeder had al drie of vier keer uitgelegd op welke waarnemingen haar zorgen gebaseerd waren. Hij bladerde door een populair boek over het atoom en bleef steken bij een afbeelding van een dikke, hoge zuil die verblindend wit oplichtte boven een donkerblauwe oceaan.

Zijn moeder vroeg: 'Waar zit je naar te kijken?'

'De ontploffing van een waterstofbom op het eiland Mururoa', zei Thomas. Hij bladerde verder naar een kleurige afbeelding van het emissiespectrum van kwik. Op het moment dat hij een sigaret tussen zijn lippen duwde brak voor het eerst die dag de zon door.

'Wat vind jij dat we moeten doen?' Zijn moeder nam een sigaret uit zijn pakje en hij gaf haar vuur. Het licht stortte zich na een reis van honderdvijftig miljoen kilometer op de nevels die uit hun neuzen te voorschijn kwamen.

'Hij moet naar de dokter, dacht ik zo', zei Thomas mat.

'Hij heeft natuurlijk wel vaker van die dikke voeten gehad,' zei zijn moeder, 'maar nooit zo dik als nu.'

Thomas verwijderde het theezakje uit de pot. Over een paar maanden zou hij deze stad verlaten, op weg naar de ruimte van het volledige studentenleven, waar hij zich dank zij de boeken een vage en gecompliceerde voorstelling van had kunnen maken. Het was niet genoeg om alleen maar colleges te volgen in Leiden, had Rolf Schless gezegd, ze zouden er moeten gaan wonen, anders bleven ze buitenstaanders, en dat waren ze lang genoeg geweest.

'Wat is dat toch voor iets eigenaardigs,' zei zijn moeder, 'dat mannen nooit naar de dokter willen? Als ze zo goed weten dat er iets is om bang voor te zijn, waarom gaan ze dan niet? En als er niets is om bang voor te zijn kunnen ze juist zonder angst naar de dokter gaan. Begrijp jij er iets van?'

Thomas keek naar een opname van elementaire deeltjes in

een nevelkamer, een prachtig schilderij van sierlijk gekromde lijnen, concentrische cirkels en dunne witte krijtstrepen die zich abrupt splitsten. Hij kreeg het gevoel of hij ontoelaatbaar diep in de ingewanden van de natuur keek.

'Jij zou meteen naar de dokter gaan,' zei hij, 'maar papa doet dat niet. Zo liggen de zaken nu eenmaal.' Er viel as op de bladzijde en hij blies die voorzichtig weg.

'Je zou wel bezorgder mogen zijn', zei zijn moeder. 'Het is je vader. Als er iets gebeurt vergeef je het jezelf nooit.'

Thomas sloeg met een klap zijn boek dicht. 'Ik neem nog een kopje thee, en dan ga ik naar hem toe. Dat beloof ik. Als het jou geruststelt, dan doe ik het.'

'Je moet het niet voor mij doen,' zei zijn moeder, 'het moet uit jezelf komen.'

'Ik doe het voor jou', zei Thomas. 'Ik maak me helemaal niet druk over papa. Hij repareert televisies. Hij weet of iets kapot is of niet.'

Hij pakte zijn boek weer op en liet de bladzijden één voor één langs zijn duim ontsnappen; er schoten groepjes letters voorbij, afgewisseld met laboratoria, een buste, een fragment nevelkamer en een portret van Einstein gekleed in een dikke trui.

'Je bent zelfs te lui om naar hem toe te gaan', zei zijn moeder. 'Het is maar twee kilometer.'

Hij voelde de warmte van het licht nu zo direct op zijn rechterwang dat het leek alsof er een dunne, opgewarmde zalf overheen was gesmeerd; het laat verschenen zonlicht, het besef van zijn jeugd en het vooruitzicht van vier of vijf jaar ontspannen verenigingsleven werkten als drie elkaar versterkende chemicaliën op zijn bloed in, en hij voelde zich schuldig over zijn luchthartigheid, die je misschien aan allerlei oorzaken kon toeschrijven maar die uiteindelijk, zoals zoveel stemmingen, met geen aanwijsbare oorzaken hoefde samen te hangen. Had Niels Bohr in dat boekje niet uitgelegd dat de mens moest wennen aan een wereld zonder eenvoudige causaliteit? Maar nu zat hij aan de theetafel met zijn moeder, die het woord causaliteit nog nooit had gehoord en die het hoogstwaarschijnlijk ook nooit zou missen.

'Mama,' zei hij, 'ik ben niet lui. Je weet dat ik niet lui ben. Luiheid is trouwens geen psychologische categorie. Niemand is lui. Weet je hoe dat in elkaar zit?'

'Dat zal me een zorg zijn,' zei zijn moeder, 'ik weet alleen dat jij allemaal theorieën verzint om niet naar je vader te hoeven fietsen. Je bent een echte man, althans wat dit betreft. Altijd geven jullie andere redenen op dan de echte. Het is zo'n kleine moeite en het zou zo'n aardig gebaar zijn, je zoon die helemaal uit zichzelf achter zijn boeken vandaan komt en naar je gezondheid informeert.'

'Ik heb al gezegd dat ik zou gaan.' Thomas sloot voor de tweede keer het boek en hij bekeek zijn vervormde gezicht en zijn opgezwollen duim in de glimmende wand van de theepot.

Zijn moeder zei: 'Op die manier hoeft het al niet meer. Het gaat om de spontaniteit. Toen je vijf jaar oud was kon je niet eens jokken, zo spontaan en eerlijk was je. Als je een koekje gepikt had lag je 's avonds huilend in je bed.'

'Geschiedvervalsing, mama. Waarom verzinnen ouders toch altijd hun eigen mythologie bij elkaar? Ik stal met het grootste gemak koekjes en bonbons en kwartjes.'

'Daar weet je niets meer van,' zei zijn moeder, 'daar was je te klein voor.' Ze pauzeerde als iemand die nog meer wil zeggen, maar geen flauw idee heeft van de inhoud van dat vervolg. Ten slotte zei ze: 'Dan ga ik zelf wel.'

Maar Thomas stond al naast zijn stoel en breidde hoogdravend zijn armen. 'Blijf zitten. Ik wil geen schuldgevoel van goddelijke afmetingen.'

'Laat God erbuiten,' zei zijn moeder op een toon die plotseling zacht en vermoeid klonk, 'en ga alsjeblieft met je vader praten.'

Ze pakte de telefoon, en terwijl ze met haar wijsvinger, daartoe gedwongen door de kiesschijf, gebogen lijnen van wisselende lengtes beschreef, bestudeerde hij haar smalle gezicht en het vormeloze grijze haar dat ze iedere morgen voor de spiegel in de kleine hal, onder het uiten van tientallen lichte, maar steeds weer anders geformuleerde verwensingen met haar kam te lijf ging.

Thomas zette zijn fiets tegen de pui en liep door de helder verlichte zaak naar achteren. Zijn vader zat in de reparatieruimte aan zijn met instrumenten en onderdelen bezaaide tafel, op een onzedelijke manier turend in het binnenste van een open liggend televisietoestel. Misschien lag het aan de felle lamp die op zijn handen en op de zijkant van zijn gezicht scheen, maar Thomas vond dat zijn vader er bleek en vermoeid uitzag, en dat de wijze waarop hij in de ingewanden van het apparaat rondtastte vandaag iets ongerichts had, alsof hij ondertussen over belangrijkere zaken nadacht. Het stoffige licht van de namiddag viel door een enkel klein raam in de overvolle ruimte, waarvan de wanden bedekt waren met als inruilobject aanvaarde versterkers, televisies, platenspelers en onderdelen daarvan. Zijn vader leefde in een biotoop van prints, wieltjes, knoppen, elektriciteitssnoeren, batterijen en meetapparaten. Als hij 's zondags door zijn huis liep had hij iets weg van een springruiter die je zonder paard zag rondwandelen.

Stein wierp een vluchtige blik op zijn zoon, kwam half overeind en bukte zich over het toestel op de werktafel. De testbeelden volgden elkaar in een nerveus tempo op, en draaiend aan een wieltje trachtte hij deze verticaal afgespeelde, uit steeds dezelfde beelden opgebouwde film tot staan te brengen. 'De koffie staat klaar,' zei hij zonder op te kijken, 'maar daar kwam je niet voor, neem ik aan.'

Thomas veegde wat stof van de tafel en blies zijn vingers schoon. 'Mama heeft me gestuurd', zei hij.

Zijn vader zweeg, maar hij glimlachte niet, waardoor Thomas tot de conclusie kwam dat het niet viel uit te maken of zijn vader wist waarom hij was langsgekomen, en om niet de indruk te wekken dat hij een antwoord verwachtte ging hij door: 'Mama maakt zich zorgen. Ze wil dat je je laat onderzoeken. Ze vindt dat je er moe uitziet, en je hebt ook over moeheid geklaagd.'

'Ja', zei zijn vader. Het was een 'ja' dat zowel de bevestiging van niet meer dan de laatste zin kon zijn als de inleiding op een langdurige verdedigingsrede, of misschien ook het begin van de zin 'dat moest ik inderdaad maar eens doen, me laten onderzoeken'.

Thomas liep naar de gootsteen en waste twee kopjes af. Hij wilde geen boodschapper zijn, hij wilde niets meer dan de verantwoordelijkheid voor zichzelf. Maar over een paar maanden was hij van dit soort situaties verlost: als iemand bang was voor het ziekenhuis, of integendeel juist gespeend was van iedere angst en in het volle bezit van zijn lichamelijke gezondheid, hoe kon zijn zoon dan de aangewezen persoon zijn om hem tot een onderzoek over te halen? Hij maakte de natte onderkant van de kopjes droog en besloot om het niet meer over zijn vaders gezondheid te hebben. Hij kon tegen zijn moeder zeggen dat hij zijn best gedaan had: mama, je weet hoe stug hij zich kan gedragen, maar je moet je niet druk maken. Als er werkelijk iets aan de hand is heeft een mens toch voorgevoelens? (Maar zijn moeder zou zeggen: 'Ik *heb* voorgevoelens.')

Toen hij naar de werktafel terugkeerde zat zijn vader een

krachtig geurende, filterloze Caballero te roken. Thomas hield van het bruine, slappe pakje dat zijn jeugd als een symbool begeleid had – in de dashboardkastjes van auto's, op de tafels van restaurants en volgens zijn moeder en tot haar grote woede zelfs in de babykamer. Hij keek naar het gespierde lichaam van zijn vader, dat eigenlijk te groot was voor de fragiele stoel waarop hij zat en minder deed denken aan een televisiehandelaar dan aan een op rijpe leeftijd gekomen marineofficier, de man met de zonnebril die, leunend op een kanon van de torpedobootjager *Hr.Ms. Van Galen*, in het helle Caraïbische zonlicht was gefotografeerd, die raadselachtige fluwelen vaandels uit het Havana van Batista had meegenomen, die met zijn schip, wachtend op de vloed en in angst voor ontdekking door de vijand had vastgezeten in een drooggevallen rivier, de man die geamuseerd vertelde dat ze met al het zware scheepsgeschut in Korea op een enkele bromfietser hadden gevuurd ('maar je kon niet weten of het geen ordonnans was die belangrijke berichten overbracht') en anekdotes vertelde over de Amerikaanse luchtmacht die bij de legerleiding klaagde over een gebrek aan bombardeerbare objecten – wat had hij al veel geleefd voordat Thomas zelfs maar verwekt was, en wat was hij vaak jaloers geweest op zijn vaders oorlogen die structuur gaven aan zijn biografie, hoe vaak ze je ook trachtten wijs te maken dat oorlog iets verschrikkelijks was; als hij over zijn verleden vertelde deed hij dat met een vurigheid die erop duidde dat hij noch de aanblik van dood gemitrailleerde, aan hun parachutes boven Rijswijk bengelende Duitsers noch de nederig knipmessende en verslagen Japanners in hun havensteden had willen missen – en Thomas zou zijn kinderen alleen maar kunnen vertellen dat hij nog een tijd *op zaterdagochtend* naar school had gemoeten, zijn enige onvervalste ontbering. Zijn belevenissen waren in zekere zin de belevenissen van iedereen:

grofkorrelige kleurenfoto's van Jacqueline Kennedy op de kap van een open limousine, Jan Palachs vurig offer op het Wenceslausplein; dat alles knaagde aan Thomas' gevoel van exclusiviteit, dat hij misschien alleen maar wist te handhaven door middel van hoogstpersoonlijke hobby's, en als de bezigheden niet uniek waren moest het fanatisme waarmee hij ze bedreef zijn zelfgevoel te hulp schieten. Op negenjarige leeftijd kon hij zijn ontroerde moeder ('O schatje, heb je al die bladzijden helemaal alleen volgeschreven?') een verhaal voorlezen over een gewetensvolle en door pneumatische krachten gedreven veedrijver die met één enkele, in een barre woestenij bij de Rocky Mountains afgestoken redevoering vijftig goddeloze collega's tot het christendom bekeerde. Thomas dacht met enige weemoed terug aan een tijd dat hij zulke dingen nog zonder een spoor van ironie kon verzinnen, en aan de trots die hij had gevoeld toen hij een *De scheepsjongens van Bontekoe* plagiërend scheepvaartverhaal van meer dan honderd pagina's had geschreven. In zijn bed huiverde hij van genot bij de belevenissen van de zeerovende opvarenden van de *Aguilar Negro*, een boek dat zijn mysterieuze diepte niet alleen ontleende aan het unieke feit dat de hoofdpersonen eigenlijk *slecht* waren, maar ook aan de terloopse mededeling van zijn vader dat hij het in zijn jeugd meer dan twintig maal gelezen had, waardoor er een open verbinding met het verleden van zijn vader en daarmee met de rest van de geschiedenis ontstond. Hij was elf jaar na de oorlog geboren: dat was niet imposant, maar als hij ouder werd zou hij in verhouding steeds korter na de oorlog geboren zijn, en zijn kleinkinderen zouden hem misschien nog associëren met een sobere maar hoopvolle tijd van wederopbouw: de ruïnes smeulden nog (dat was natuurlijk niet zo) en heel af en toe had hij een boterham met niets moeten eten (een verdichtsel dat hij zou blijven voeden).

Zijn vader zei: 'Dat is typisch je moeder: één steekje in haar hoofd, en ze denkt aan een hersentumor, en voor anderen is ze net zo bezorgd als voor zichzelf. Ze is door en door neurotisch.' (Hij sprak dat laatste woord met zorg uit, alsof het om een uitheems gerecht ging. Thomas wist dat het oorspronkelijk geen deel had uitgemaakt van Steins vocabulaire, maar was ontleend aan dat van zijn vrouw, die het weer overgenomen had van haar moeder, en Thomas had de indruk dat uiteindelijk niemand de precieze betekenis ervan kende; desondanks had het, als een bediende die lang bij de familie heeft gediend, een vaste plaats verworven en krachten gemobiliseerd die het in staat stelden een onderscheid in stand te houden tussen een groep 'neuroten' enerzijds en een maar nauwelijks grotere groep 'gezonden' anderzijds. Als zijn moeder constateerde dat iemand zes keer op een avond zijn handen waste of zijn auto met alle geweld voor de deur wilde parkeren, stelde ze plotseling vast dat het familielid in kwestie eigenlijk ook neurotisch was, en naarmate haar ontdekkingsreis vorderde leek het alsof de groep Neuroten voortdurend aangroeide ten koste van de groep Gezonden; zijzelf was, zo meende ze, honderd procent neurotisch, en haar man vormde zo ongeveer het zuivere tegendeel, terwijl van Thomas maar moest worden afgewacht hoe hij zich zou ontwikkelen; zijn voorkeur voor boeken had iets neurotisch, maar was nog niet erg genoeg om haar Laatste Oordeel uit te lokken.)

Thomas roerde in zijn koffie, vijf keer tegen de klok in en vijf keer met de klok mee, om te voorkomen dat hij te lang zou blijven doorroeren. Terwijl zijn vader alweer met zijn handen in de televisie zat verzamelde hij moed voor de vraag waarvan hij wist dat hij hem moest stellen, daartoe aangezet door nieuwsgierigheid, de drang om zijn moeder bij te staan en misschien ook door een ergernis die moest samenhangen met de onduidelijkheid waarin ieder gesprek met zijn vader zich voltrok, resultaat van de meestal als joviale luchtigheid vermomde geslotenheid waarmee hij de familie waarschijnlijk al tegemoet was getreden sinds hij was afgemonsterd, alsof hij ver weg, ergens midden op de Gele Zee, een besluit had genomen waarover hij met niemand ooit zou spreken maar dat hem als een onzichtbare stuurinrichting naar onbekende doelen leidde. 'Pa,' zei Thomas, die meteen begreep dat de traagheid waarmee hij begon te praten de inhoud van de komende zinswending reeds verried, 'waarom láát je je niet een keer onderzoeken, om mama een plezier te doen?'

Zijn vader vertrok bij het aandraaien van een schroef zijn gezicht, alsof hij daartoe genoodzaakt werd door de inspanning. 'Iedereen is weleens een paar weken moe,' zei hij, 'en die dikke voeten komen van het staan. Als ik me slecht voel ga ik naar de dokter, anders niet. Als ik hieraan toegeef moet ik straks om de haverklap naar Rasser toe, de ene keer voor een paar schilfers op mijn huid, de andere keer voor een moedervlekje op mijn rug – ik heb daar geen zin in.'

Voor het eerst sinds Thomas was gearriveerd ging het belletje van de deur; het gaf een eenzaam maandagmiddaggeluid. Zijn vader liep de zaak in en begroette de bezoeker met een hartelijkheid die Thomas enigszins overdreven voorkwam. Hij zou kunnen doen alsof hij dacht dat zijn vader bang was voor een geneeskundig onderzoek (angst kwam bij mannen die in de jaren dertig waren opgegroeid niet voor), maar hij moest het er ook weer niet te dik bovenop leggen. Hij zou de formulering goed moeten voorbereiden.

Thomas was nog bezig met het samenstellen van een geraffineerde volzin op het moment dat zijn vader, als een bruiloftsspreker ingeleid door het wegstervende geluid van de winkelbel, meedeelde dat hij de volgende ochtend naar het spreekuur van Rasser zou gaan, om 'aan al het gezeur' een einde te maken.

5

3 april 1981

De tijd is 'de verslinder van het verleden', maar misschien kan ik met deze notities dan tenminste zijn spijsvertering hinderen.

Alleen herinneringen aan het *heden* zijn interessant.

Het heden wordt door een dagboek gecreëerd.

Soms probeer ik me voor te stellen wat er met me gebeurt als een hogere macht het mogelijk maakt dat ik met iedere vrouw naar bed kan die ik aantrekkelijk vind; ik hoef het alleen maar even te vragen. Ik storm de straat op, op zoek naar de overkanten waar ze altijd langskomen. Ik verlies iedere zelfbeheersing, de overvloed maakt me dronken – jonge moeders, cassières, vrouwelijke parkeerwachters, de hemel is ademloos blauw. Ze zeggen dat ze van me houden, ze zwijgen, ze lachen, ze zijn ongeduldig, het maakt me niets uit. Reeds na verloop van enige dagen ben ik in deze doolhof van genot verdwaald. Ik kom de deur niet meer uit, ik neem geen telefoontjes aan; net als vroeger kijk ik naar het gras tussen de flats. Ik begin te verlangen naar grenzen, onmogelijkheden en verplichtingen. Ik probeer Augustinus' *Belijdenissen* te lezen, maar ik ben te nerveus, op het balkon van de tegenoverliggende flat staat een prachtige studente theologie de was op te hangen, ik moet dit, ik moet iets anders.

Aan het eind van de eerste maand heb ik begrepen dat ik geen kant meer uit kan, ik die altijd dacht dat ik op zoek was naar het onbeperkte. Ik trek mij terug in een bosrijke omgeving, uit angst krankzinnig te worden – te laat: bij gebrek aan zwaartekracht begint het heelal van mijn geest in alle richtingen uit te dijen.

('s avonds)
Ik had een paar dagen geleden het gevoel dat ik Viktors karakter volledig kon overzien, al zijn verongelijktheid en ongekanaliseerde woede, de spectaculaire omwegen van zijn geest en zijn verdringingsmechanismen, het ontwapenende teveel aan verantwoordelijkheidsgevoel, het rijk geschakeerde egocentrisme, de benepen rechtschapenheid van zijn financiële transacties, het situatie bepaalde van zijn plichtsbesef en het motregenachtige van zijn wereldbeeld; ik zag dit allemaal als op één grote uitgeklapte landkaart, maar op hetzelfde ogenblik wist ik dat ik ogen tekort kwam.

Natuurlijk heb ik dit niet 'gezien': ik heb het beschreven en ik zie het met terugwerkende kracht.

Als ik de mensen uit mijn omgeving wil beschrijven blijkt dat juist de overvloed aan gegevens een probleem is; ik kom niet op voldoende afstand, ik zie geen contouren, er ontstaat geen beeld. Neem Viktor: tien pagina's zou ik kunnen vullen met beschrijvingen van zijn gedrag, de details zouden over elkaar buitelen, elkaar uitwissen. Gurdieff was in staat iemands gedrag op een hoger niveau samen te vatten; dan zei hij bijvoorbeeld tegen iemand dat hij 'nooit thuis' was.

De mensen falen merkwaardig genoeg nooit bij het kiezen van de attributen die bij hen passen (misschien omdat de attributen onvermijdelijk de kleur van hun eigenaar aannemen – maar deze verklaring is te simpel).

Ik zou Viktor kunnen beschrijven aan de hand van zijn 'bliksemtrui'. Hij werkt tegenwoordig op de mensa. Hij plaatst iedere avond duizenden borden en glazen op een lopende band, en hij loopt zich de hele dag zichtbaar te ergeren, ook op zijn kamer en in onze keuken, alsof hem een paar levens geleden iets is misdaan wat ongewroken is gebleven en degene die hij wil straffen momenteel niet geïncarneerd is.

Hessels attributen zijn culinair; hij is in staat om uren achtereen zonder onderbrekingen over de openbare financiën te praten, maar pas achter het fornuis is hij die hij is. Hij snijdt champignons met boekhoudkundige precisie; de concentratie waarmee hij in de macaronisaus roert hoort thuis in een vluchtleidingscentrum. Voedsel bestaat voor hem op een intensere manier dan andere dingen: hij is een van de mensen die zich kunnen verheugen op een maaltijd of die elkaar de volgende dag vertellen wat ze gegeten hebben. Gurdieff: 'Kom eens te voorschijn.'

Schless ken ik vanaf mijn jeugd, hij was er altijd al. Hij heeft geen attributen, hij is erin geslaagd zijn eigen attribuut te worden (dit is niet voor iedereen weggelegd). Zijn afkeer van bijgeloof grenst aan religieus fanatisme, omdat hij het overal meent te herkennen. Van mij tolereert hij niets, wat ik als een compliment beschouw.

Hij heeft meer ervaring met vrouwen dan ik, maar die had hij van nature. Toen hij nog maagd was sprak hij al met grote autoriteit over 'de vrouw'. Momenteel heeft hij geen vriendin, maar bij hem getuigt het van niveau, zijn situatie is een vrijwillige (Hessel daarentegen heeft een 'vriendin in Schotland': zoiets is vooral zielig). De vrouwen vallen op zijn kleine, snelle gestalte, zijn donkere haar, zijn volkomen gebrek aan zweverigheid.

4 april

Zoals altijd als ik aan een nieuw dagboek begin: ik schrijf veel en in het wilde weg, het dagboek moet nog geboren worden.

Ik zit aan mijn bureau, het is ochtend. Links aan de muur hangt een reproduktie van Corots *De brug bij Narni*, een natuurstudie als schets voor een groot olieverfschilderij, maar het latere schilderij stelt niets voor vergeleken bij deze tekening. Ik zie een trage, modderige rivier langs de ruïnes van enkele aquaducten stromen, de bruine en groene tinten van het geboomte, het water en de zandpaden langs de oevers, kleuren die in toom worden gehouden door het koele blauw van de bergen in de verte, en het landschap is vochtig van de hitte. Ik ken geen voorstelling waarop de temperatuur van het onderwerp zozeer een fysieke kwaliteit heeft gekregen. Een paar details verheffen de werkelijkheid (hoe moet ik het anders zeggen) van de tekening boven iedere twijfel: het heldere, raadselachtige licht dat nog juist op de verbrokkelde en ongelijke bovenrand van de ruïne ter rechterzijde zichtbaar is, en het licht op de zijkanten van de ruïnes verderop.

Licht heeft altijd betekenis.

Op de gang staat iemand de gemeenschappelijke telefoon te gebruiken. Het is verbazingwekkend wat ik zoal hoor terwijl ik hier mijn excerpten zit te tikken. Ze denken dat ik nooit thuis ben.

Een van mijn periodiek terugkerende angsten is dat op een dag de een of andere onderzoeker aantoont dat zich achter de feiten *niets* bevindt – er zijn alleen feiten, biljoenen krioelende, radeloze feiten die symbolisch zijn voor niets. De ontdekker van dit 'feit' (het laatste feit waarachter zich nog iets ophield) incasseert een Nobelprijs voor literatuur en natuurkunde, maar in religieuze en literaire kringen heerst paniek.

Soms lijkt het tegennatuurlijk om te aanvaarden dat de dingen er alleen zijn ter wille van zichzelf. Het is zo godvergeten moeilijk om niet metafysisch bevlogen of religieus te zijn dat het wel van grote persoonlijke kwaliteiten *moet* getuigen als je geen last hebt van deze aanvechtingen.

Soms heb ik de behoefte om tegenover de eindeloosheid van de tijd een daad te stellen, een zinloze daad desnoods, een stijlvol gebaar als baken in de leegte. Misschien lijd ik aan een illusie van totale vrijheid, een vrijheid die me van de weeromstuit oog in oog brengt met de dood. De weemoed die ik voel is niets anders dan het inzicht dat ik zal sterven.

Wat mij van kunstenaars zo bevalt is dat hun projecten niet *nuttig* zijn – een stuk van de Australische kust inpakken, wat een verrukkelijke belediging aan het adres van de dood! Je zou je toch ook als een klein bang eekhoorntje kunnen gedragen en beukenootjes van 'nuttigheid' en 'relevantie' naar je hol slepen; dat zou niets anders zijn dan nutteloosheid op een lager, want onbewust niveau: leven in de misplaatste veronderstelling dat nuttigheid enige bescherming biedt tegen de willekeurigheid van je existentie.

6 april

Leontine verblijft een paar maanden in Amerika, voor een stage. Viktor laat mij haar brieven lezen. Het valt me op dat ze nooit iets over landschappen schrijft, alleen over mensen, en ze heeft gelijk, je kunt je geen landschappen toeëigenen.

Ik hou van de muzikaliteit van de aardrijkskundige namen die ze noemt – Bearpaw Mountains, Bozeman, Chinook, Zurich, Wagner...

11 april

Ramakrishna wilde niet in een kamer verblijven als daar een krant lag; kranten wasemden onreinheid uit, ze waren voor hem een symbool van alle tekortkomingen van de mensen over wie ze vol stonden.

Waarom lezen de mensen kranten? Voor de gezelligheid, naar men aanneemt, uit behoefte aan informatie. Maar hoe kunnen mensen eigenlijk geïnteresseerd blijven in een dergelijke overvloed van onbenulligheden? Er is iets anders aan de hand: met kranten jagen mensen de illusie na dat er überhaupt iets gebeurt – maar er gebeurt niets. Een krant representeert de mythische droom van de alomtegenwoordigheid. De mensen willen overal zijn omdat de dood maar op één plaats kan zijn.

De leraar klemt je hoofd vast onder de oppervlakte van het water dat je zojuist theoretisch hebt verworpen.

12 april

Mijn vader las dikke boeken over de oorlog, gevoerd in gebieden en steden waarvan de namen een sprookjesachtige en plezierige dreiging hadden, Malakka, Balikpapan, Nieuw-Guinea, en die ik naderhand op mijn globe zou terugvinden, of in de donkerbruine, naar oud linnen geurende *Grote Winkler Prins* waarin mijn ziel geheel kon verdwijnen – en ergens, duizenden kilometers verderop, bestond dat onvoorstelbare in werkelijkheid. Mijn vader sloeg met zijn vlakke hand op de inktzwarte kaft van een boek: ik moest beloven dat ik het nooit heimelijk zou pakken, want het was te vroeg om de dingen te weten die daarin werden verteld. 'En als je het toch doet,' zei hij dreigend, 'dan moet je het zelf maar weten, dan mag je niet bij ons in bed komen als je niet kunt slapen.'

Voor mij waren deze waarschuwingen toereikend, en als ik naar het donkere omslag keek scheen het of een aanraking mij al in gevaar zou kunnen brengen; maar belangrijker was dat ik ontzag kreeg voor Het Boek: er lagen rijkdommen op mij te wachten, en zodra ik oud genoeg was zou ik zwemmen in een oceaan van vrij beschikbare woorden.

19 april

Geacht dagboek, een week niet geschreven. Hessel is afgestudeerd. De voorbereidende avond was boeiender dan het feest zelf (zoals alle vrijdagavonden het weekeinde overtreffen). Hessel was niet vrolijk, zijn 'Schotse vriendin' kon geen vrij krijgen en hij schrikt terug voor de dingen die komen. Veel studenten worden tijdens het laatste jaar van hun studie overspannen, maar Hessel is daar te integer voor. Hij spreekt aarzelend over een lange reis, hij wil zich 'breed oriënteren' enzovoort enzovoort. Volgens Schless ligt hij de halve dag met een koptelefoon op bed. Het wit van zijn haar heeft betekenis gekregen.

5 mei

Ik voel mij bevrijd: mijn moeder gaat een maand op vakantie, samen met Günther. Ik hoef haar nu niet te schrijven.

6 mei

De geluiden van deze zomeravond zijn verbonden met mijn jeugd. Kennedy is ongeveer dood; ik lig al in bed, naast de kast met mijn kleurrijke globe, en ik hoor mijn vriendjes nog buiten op het grasveld spelen. Ik durf niet bij het raam te kijken, uit angst dat ze me zien en me bespotten (hoe later je naar bed mag, des te hoger je wordt aangeslagen); nu kunnen ze tenminste nog denken dat ik ergens anders ben. De kinderen schreeuwen, sommigen zijn jonger dan ik, 'buut vrij', 'nee, ik was eerder'. Ik ben klaarwakker, en ik ben woedend op mijn ouders. Als ik groot ben ga ik *hele nachten* buiten spelen.

9 mei

Reedijk gelooft niet in momenten. Het moment is 'rafelig', het moment gedraagt zich niet. Toch wil hij er greep op krijgen. Hij lijkt op me, hij neemt deel aan dezelfde jacht. De dingen die we beetpakken zullen altijd verdwijnen.

Zijn hele gedrag is om een waakvlam van teleurstelling gebouwd. Alleen intelligente mensen vertonen dit type gracieuze somberheid. Hij zwakt bereidwillig af wat hij heeft gezegd, beweert een uur later weer hetzelfde.

10 mei

Gisteren hoorde ik een student zeggen: 'Alleen wat je kunt bewijzen is interessant.' Hoe is het mogelijk dat dwergen zoveel over het hoofd zien?

De ene dag wist de vorige uit. Op de kale hoogvlakte der geleidelijkheid groeien geen herinneringen.

Visser luisterde naar de echo van de schepping. Ik was toen eigenlijk te jong om te waarderen wie hij was. Ik zie hem op het strand staan, naast het lichaam van een dode walvis. Hij leest een hoogdravend gedicht voor, waarvan de abstracte hoogtepunten door de wind tot over de duinen worden geslingerd.

11 mei

Mijn privacy wordt vooral gevormd door de dingen die ik ook voor mezelf verzwijg.

12 mei

Hessel Keizer houdt van muziek zoals een kat van een kartonnen doos kan houden: hij gebruikt de muziek niet als een bron van genot en energie, maar als een toevluchtsoord. Het lijkt mij dat je muziek moet aanwenden om er weer mee terug te gaan naar de wereld.

14 mei

Vandaag: Leontine en August. In welke volgorde moet ik hen noemen? Ik ben te onrustig om te schrijven.

Op Leontine begon ik vermoedelijk verliefd te worden toen ik haar niet op het vliegveld aantrof: haar afwezigheden zijn nu eenmaal subliem.

15 mei

Augusts aanwezigheid was vooral helder. Zijn spreken was zonder valstrikken. Eigenlijk sprak hij zonder effectbejag, voor het eerst heb ik ervaren wat dat is. Zijn gedrag was van een eenvoud die je moet bevechten en had de lichte ondertoon van strengheid die je alleen accepteert van mensen met veel ervaring, en van wie je bovendien gelooft dat ze geen bijbedoelingen hebben (volgens Schless het enige type bedoeling dat er bestaat).

Ik wilde dat hij me ergens voor uitnodigde, en ik geloof dat ik minuten heb gewacht, de jongens in de auto, August met zijn rug naar mij toe. Weggaan was ondenkbaar. Ik zou daar uren hebben kunnen staan.

Waar moet je mee beginnen als je zoveel over iemand zou kunnen vertellen? Het is zoiets als een boek schrijven over je moeder, over jezelf.

Leontine: sinds ze haar broer bloemen heeft gegeven heb ik over haar nagedacht, maar ik wist het niet.

Mijn verliefdheid lijkt vooral van lichamelijke aard, maar die lichamelijkheid is zo volledig dat ze zich als geestelijk voordoet. (De termen 'geest' en 'lichaam' in deze stelling kunnen zonder problemen onderling van plaats wisselen. De ware anarchie huist zoals altijd in de taal; toch verwachten wij juist van haar de orde.)

Ze is nooit kunstmatig of koket. Als ze praat en ik luister voel ik me een huichelaar, ik speel iemand die luistert, ik wil iemand zijn die luistert, maar ik let op alle stembuigingen, de houding van haar lichaam, ik probeer de geschiktste antwoorden te bepalen, ik schat mijn mogelijkheden als een roofdier. Mijn gedrag bestaat uitsluitend uit tactiek, maar toch heb ik recht op deze onechtheid want mijn verliefdheid is echt. Toen ik fantaseerde over de onbeperkte liefde heb ik niet aan haar gedacht.

Ik verwacht van de seksualiteit niet meer dat ik er het raadsel mee te lijf kan; hooguit zullen de raadselen zich uitbreiden.

16 mei

Canetti schrijft in *Die Provinz des Menschen*: 'Es quält ihn, daß nicht alles, was er je gewußt hat, zugleich aufleuchtet.' Ik begrijp deze krankzinnige, verscheurende wens, en daarom zoek ik compensatie in de taal. Ik zou een essay willen schrijven waarin de wereld vervat is, waarin alles voorkomt en 'aufleuchtet' als een immens vuurwerk van betekenissen, waarin ik schrijf over Pascals *raison du coeur*, het probleem der causaliteit, de angst voor de dood, de Bhagavad-Gita, Heisenbergs onzekerheidsprincipe, Schönbergs twaalftoonsstelsel, Janovs oerschreeuw, de Tweede Hoofdwet, de ingeblikte uitwerpselen van Manzoni, de dijen van Marilyn Monroe, het kunstonderricht dat Joseph Beuys aan een dode haas gaf, het fluiten met één lip, het Andere bij Levinas, de afwezigheden van Derrida, Ernst Mach ('Das Ich ist nicht zu retten'), het zwijgen van Duchamp, het binnenstebuiten gekeerde lawaai van Cage, de Grand Unified Theory, het tantrisme en de wellust van de opsomming – maar zo'n essay zal ik niet schrijven, het zou niets anders worden dan een papieren monument voor mijn onmacht. Wat ik wil is niet met taal te bereiken. Het is lyriek, het is melancholie, het is religie. God mag weten wat het is.

Het is donker en stil geworden. Waarom ben ik altijd zo gelukkig als ik denk dat iedereen eindelijk in zijn bed ligt?

20 mei

God heeft mijn dagboeken gelezen. Hij belt me op en zegt: 'Geestelijke leeftijd ongeveer veertien.' Ik schrik ontzettend en ik ben niet weinig beledigd. 'Kalmeer,' klinkt het met enige vertraging (door de verbinding, gevolg van de grote afstand), 'wil je nog wat cijfers horen? Reedijk: dertien, Schless: twaalf, Hessel: negen, Viktor: vier, Leontine – waar heb ik Leontine? Ik ben het cijfer van Leontine kwijt.'

21 mei

Matthias belde op. Ik weet niet hoe hij aan mijn nummer is gekomen. Hij nodigde me uit voor een 'sessie', overmorgen. Het adres zei me niets, het is ergens buiten de stad. Ik heb niet eens gevraagd waar het allemaal over zou gaan.

Mijn vader zou me voor gek hebben uitgemaakt. Zijn vermogen tot oordelen heeft hem overleefd.

Ik droom weer van mijn vader. Hij is meer dan twee jaar

dood. Ik had erbij moeten zijn toen hij stierf.

Ook tijdens zijn ziekte was hij begaan met mijn lot. Hij vond het zorgwekkend dat ik geen vriendin had (gelukkig heeft hij de periode Jeanette Visser nog meegemaakt) en praatte voortdurend over de verpleegsters die hem hielpen als hij weer eens in het ziekenhuis lag. Er bestonden geen betere vrouwen: ze waren jong en toegewijd, ze liepen niet over hun identiteit te piekeren, ze hadden beslist nooit depressies. Als ik hem bezocht werd ik vooral getroffen door de slipjes die ik dwars door hun uniform heen zag schemeren – misschien had mijn vader gelijk en moest ik mijn jachtgebied verleggen.

Afgezien van de paar boeken die hij af en toe las had mijn vader geen hobby's; als hij 's zondags van boven naar beneden en weer terug door het huis liep was hij het volmaakte symbool voor iemand die niet werkt. Toen onze eigen televisie het op een zondagmiddag begaf vertoonde mijn vader geen enkele neiging tot reparatie over te gaan – 'ik ga pas maandagmiddag open'.

'De huwelijksreis', vertelde mijn moeder een keer, 'zal ik nooit vergeten. Het was een jaar na ons trouwen, want eerder hadden we geen geld. Je vader had iets bedacht, hij stuurde mij de deur uit als hij ging telefoneren en lachte me de hele dag veelbetekenend toe. Ik fantaseerde al over Oostenrijkse bergen, het Zwarte Woud of een zeereis naar Engeland. 's Morgens vroeg vertrokken we, op zijn motorfiets, een schitterende dag. We reden een uurtje door het vlakke landschap van Zuid-Holland, we doorkruisten Utrecht, we passeerden een bos. Ruim voor tienen stopten we bij een hotel op de Veluwe – een pauze voor een kopje koffie, veronderstelde ik – maar je vader keek me stralend aan: we waren al op onze eindbestemming. In de jaren dat hij vertegenwoordiger was in huishoudelijke apparaten had hij het hotel als tussenstop gebruikt op zijn Lange Reizen naar Het Noorden. "Het is een eersteklas hotel", zei hij, terwijl hij de koffers galant voor mij uit droeg. "De eieren zijn vers en de sauzen smaken alsof er een engel op je tong piest".'

'Ben je bang?' vroeg mijn moeder hem weleens, toen zijn krachten begonnen af te nemen.

'Nee,' zei hij, 'daar ben ik te moe voor.'

6

Draußen ist alles wind, beglückende Bewegung.
ELIAS CANETTI

Toen hij uit zijn auto stapte, ontdekte Thomas dat er een straffe wind dwars over het verlaten parkeerterrein waaide. Het werd aan één kant begrensd door een breed kanaal, waarachter zich een weiland uitstrekte, en aan de andere zijde bevonden zich stapels lange, houten planken, bergen bakstenen en tientallen zakken droog cement. Het was onduidelijk wat met dit materiaal gemaakt had moeten worden; afgezien van een halvemaanvormige, uit golfplaten opgetrokken loods was er geen gebouw te bekennen. De regen van de afgelopen nacht had hier en daar plassen op het terrein achtergelaten waar Thomas, om zijn schoenen niet nat te maken, zorgvuldig omheen liep.

De deur gaf direct toegang tot het interieur van de loods. Er brandde een aantal met half doorzichtig, rood papier omwikkelde TL-buizen, die een gedempt rozig licht verspreidden – een tempel voor de armen. Er lagen verschillende soorten goedkope en versleten kleden en matten op de vloer; de rechterhoek van de ruimte was afgeschermd met een hoog en lichtgekleurd gordijn dat hem heel even aan een ziekenzaal deed denken, en ervoor stond een rieten stoel met een brede, pauwestaartvormige rugleuning – een troon, constateerde Thomas geërgerd.

Eigenlijk wilde hij weer vertrekken, maar uit de groep zwijgende jongemannen die zich in een ordeloze halve cirkel om de stoel bevonden, maakte zich juist de gestalte van

Matthias los; zijn neus was opnieuw verrassend klein. 'Je bent er', zei hij zacht, maar zonder te fluisteren. 'Ik had er ook niet aan getwijfeld.'

Thomas verafschuwde de voorspelbaarheid van zijn eigen gedrag, en hij wenste al dat hij niet gekomen was. Hij dacht aan het traditionele en helder verlichte klaslokaal dat hij had willen betreden om een mooi college over het Zijn, de Taal, diverse pseudometafysische dwaalwegen en het Verloren Contact met de Microkosmos aan te horen, maar hij zei alleen: 'Ik ben benieuwd.' Hij rammelde even met zijn autosleutels en hij merkte dat hij, eigenlijk tegen zijn wil, zijn lichaam half van Matthias had weggedraaid, alsof hij een manoeuvre had afgebroken die hem naar de uitgang had moeten voeren.

'Je bent benieuwd,' zei Matthias met een glimlach die gedeeltelijk onder de oppervlakte van zijn gezicht bleef, 'je wilt ervaringen verzamelen, een mooi voorbeeld van het "materialisme van de ervaring" zoals August dat noemt. Het is volkomen normaal, maar het heeft geen enkele betekenis. Het is een onuitputtelijk onderwerp, zoals je nog zult merken. Kom hier even zitten, dan praten we wat.'

Thomas legde zijn jas neer en liet zich naast Matthias zakken. Hij vroeg zich af wat hij was komen doen; zijn vader zou gelijk hebben gehad als hij lang genoeg had geleefd om Thomas nog een keer belachelijk te maken. Welke barrière weerhield hem ervan naar zijn auto te lopen? Beslis, dacht hij, stuur die zenuwimpulsen naar je benen, sta op, neem je autosleutels en wandel, er is niets aan. Je gaat hier een ochtend verspillen.

'Het is de eerste keer dat je komt, nietwaar?' Matthias had niets meer van de zwijgzame scherpte van nauwelijks een week geleden. Hij pakte Thomas voorzichtig bij zijn bovenarm en zei: 'Je zult er geen spijt van hebben. Je hoeft er alleen maar te zijn, zoals altijd.'

'Ja', zei Thomas.

'Alles is er altijd al,' ging Matthias voort, 'en daarom is het zo eigenaardig dat we blijven zoeken. Je zou de gezochte waarheid als een reusachtige, kosmische bril kunnen beschouwen die zich al die tijd op je neus heeft bevonden.'

'Misschien', zei Thomas.

'Er *bestaan* geen essenties zolang je ze zoekt,' vervolgde Matthias, 'en ik weet niet hoe ik heb geleefd voor ik August ontmoette. Ik moet met gesloten ogen hebben rondgelopen.'

Thomas keek om zich heen. Aan de andere aanwezigen viel niets bijzonders te zien, of het moest zijn dat ze onopvallend gekleed waren. Hun gezichten waren kalm en intelligent, maar spreken deden ze niet, alsof ze zich ergens op voorbereidden. Wat ging er eigenlijk gebeuren? Het rode licht, de gordijnen, de gewijde sfeer, een troon – het beloofde allemaal niet veel goeds. Hij kon nog steeds weggaan, maar deze mogelijkheid bestond slechts theoretisch; deze hele ochtend maakte al deel uit van zijn verleden, zoals hij soms boeken in een winkel zag staan die hij bezat voordat hij ze gekocht had.

Hij keek op zijn horloge: bijna halftien. Op verschillende plaatsen tegelijk ontstond onrust, alsof iemand een handvol stenen in een stille vijver had geworpen. De leerlingen begonnen hun voeten onder zich te vouwen en legden hun onderarm ontspannen op hun dijbenen, en toen iedereen de lotushouding had aangenomen werd het stil in de zaal. Thomas had met tegenzin het voorbeeld van de anderen gevolgd en keek met een mengeling van nieuwsgierigheid en schaamte naar de rieten stoel. Wat zat hij hier te doen? Had de een of andere verlosser een persconferentie georganiseerd? Hij dacht terug aan de handdruk die hij op het vliegveld had gekregen, de enige dank die hem voor zijn hulpvaardigheid ten deel was gevallen, afgezien van Augusts adres, maar het viel te bezien welke voordelen hem dat zou bieden; hij moest een serieuze reden verzinnen om zijn aanwezigheid te motiveren, een sappig, vet argument waarmee het ondier van zijn intellect enige tijd zoet kon worden gehouden.

Hij draaide zijn hoofd naar rechts. Matthias staarde naar de stoel, maar hij leek geabsorbeerd, alsof hij zich concentreerde op een panorama dat alleen op zijn netvlies bestond.

Toen Thomas weer voor zich keek zat August in een lichtblauw gewaad voor het gordijn; zijn ogen waren donker en uitdrukkingloos, alsof hij zijn lichaam vast vooruit had gestuurd. Lange tijd gebeurde er niets.

Thomas keek tersluiks op zijn horloge: twee minuten over halftien, slechts drie minuten waren voorbijgegaan sinds zijn vorige blik op de wijzerplaat. August zat onbeweeglijk in zijn stoel, zijn handen op de leuning, zijn ogen zonder knipperen gericht op een ondefinieerbaar punt boven de hoofden van de aanwezigen. Niemand bewoog en niemand sprak, en plotseling zag Thomas zichzelf zitten, ergens in een buitenwijk in een oude loods, bevroren in de lotushouding die hij altijd pathetisch en on-Europees had gevonden. Kwam er een redevoering? Was dit een meditatieoefening? Maar niemand bewoog zijn lippen om mantra's of iets dergelijks te prevelen, en na een kort onderzoek constateerde hij dat vermoedelijk geen enkele leerling zijn ogen had gesloten; er gebeurde helemaal niets, de ruimte was gevuld met mensen die niets deden en op niets wachtten. De tijd was zachtrood, dik en stroperig geworden, dit was misschien zijn eerste ervaring met volstrekt doelloos doorgebrachte tijd, of misschien moest je zeggen dat de doelloosheid zelf tot doel was verheven, hoewel je dan natuurlijk weer voor een hinderlijke paradox kwam te staan: je zou je gemakkelijk kunnen verliezen in experimenten die achter hun stijlvolle doelloosheid ordinair doelgericht waren. Het kwam er dus op aan om tot in je vezels, van je hoofd tot aan je tenen, om vanuit je darmen en met hart en ziel niets te willen – misschien was dat het hoogste.

Een vage euforie nam bezit van Thomas' lichaam en geest: hij was hier niet alleen, hij was hier met anderen, scherpzinnige tijdgenoten. Het was een genoegen om in de leegte te verblijven, het was de leerzaamste plaats op aarde, misschien zelfs de open plek die hij ten onrechte zo gevreesd had, verder was er niets dan ondraaglijke volheid en vanuit de leegte zou je misschien nieuwe territoria kunnen veroveren. Hadden de Wijzen van Alle Tijden dit altijd al geweten?

Thomas luisterde naar het gekwetter van vogels dat van buiten doordrong, naar het getik van iets wat door de wind af en toe tegen de golfplaten werd geblazen, misschien een stuk touw of een boomtak, naar de wind zelf die met onregelmatige rukken rond de loods woei en piepende geluiden veroorzaakte, en hij zocht naar iets wat bewoog, een mond, een hand of een voet, hij zou met weinig al tevreden zijn. Hij keek naar Augusts hoofd, dat zowel onbeweeglijk als golvend op zijn lichaam rustte, en Thomas vroeg zich af of hij nu ten prooi was aan verbeelding of aan de normale visuele effecten van langdurig staren. Dwalend door een woestijn die zelfs geen fata morgana's bood, begon Thomas' hoofd gedachten te produceren, herinneringen aan de vlechten van Elsa die hij als tienjarige aan elkaar had gebonden nadat hij haar met een vreemde onrust in zijn buik een kus op haar wang had gegeven, aan de film over Robinson Crusoë waarin hij voor het eerst een doodshoofd had gezien en aan de daarop volgende nachtmerries waarin schedels door zijn kamers zweefden en zich als 'doodkop' voorstelden (hij kreeg soms nog de rillingen van het ontbreken van de letter s), en hij dacht aan Leontine, die in deze stad, op enkele kilometers afstand en hopelijk niet in mannelijk gezelschap, een tentamen zat voor te bereiden. Zijn geest deed rusteloze grepen uit een grote grabbelton van beelden, aanvankelijk schijnbaar doelbewust, alsof hij naar iets zocht, maar na enige tijd begon de associatieve willekeur van de beelden Thomas te hinderen. Het drong tot hem door dat zijn geest helemaal niet op zoek was naar iets speciaals, en de keuzes werden lusteloos, als van een kind in een kamer met te veel speelgoed. Hij begon te zweten onder zijn haar, met een intensiteit die uiterst ongelegen kwam, zodat hij niets liever wilde dan met tien nagels hartstochtelijk over zijn hoofdhuid schrapen. Geleidelijk verloren zijn herinneringen de opdringerigheid van hun voorgangers geheel, en ze leken van minder belang, ze waren inwisselbaar voor andere beelden: de vader van Jeanette tilde zijn voeten op voor de stofzuiger, Thomas zat in een platte rondvaartboot. Er ontstonden pauzes tussen de beelden, pauzes waarin zich, zo merkte hij met verbazing, niets voltrok, pauzes waarin de vogels niet floten en de wind niet woei, misschien de eerste pauzes die hij ooit beleefd had, al kon hij niet begrijpen van welk materiaal ze gekneed waren, want hij herkende het niet.

Toen hij zich daarover begon te verheugen kreeg hij pijn in zijn rug en in zijn billen, en hij raakte weer bevangen door een tergende verveling, alsof alle sappen uit wat hij ooit gevoeld en geweten had werden weggezogen. Hij voelde zich moe en uitgeschud – hij wilde naar buiten, de wind op zijn huid voelen, in zijn auto zitten en de cassette met Albinoni's *Adagio* op het hoogste volume afspelen. Hij snakte naar afwisseling, naar gelukkige beweging, een grenzeloos, vrij toegankelijk buiten.

Maar vooruit: hij was niet tot hier gekomen om de moed op te geven. Hij speelde een wedstrijd tegen zijn hoofd die hij wilde winnen. Hij knipperde met zijn ogen, liet zijn schedel op zijn nek tollen (hij was de enige die bewoog) en begon zijn ademhalingen te tellen: vijf seconden in, vijf seconden vasthouden, vijf seconden uit. Hij begon te verlangen naar een pagina met gedrukte letters, al was het maar de bijsluiter van een medicijn, het hoefde slechts van buiten zijn hoofd te komen.

Thomas' hartslag was snel en voelbaar geworden, en hij was de omheining van zijn geduld al dicht genaderd op het moment dat August opstond en achter het gordijn verdween. Hij moest al die tijd op de rieten stoel hebben gezeten, maar Thomas kreeg nu het gevoel dat hij hem toch niet gezien had: hij had niet werkelijk gekeken.

De leerlingen bewogen weer, en hier en daar werd zelfs gefluisterd. Hij had iets beleefd, maar wat? Misschien was hij het slachtoffer van de illusies die zijn verveling veroorzaakt had: waar de doelgerichtheid verdween heerste kennelijk een verpletterende overvloed.

Matthias klopte met zijn hand op Thomas' onderarm, alsof hij wilde zeggen dat hij zich goed gedragen had. Achter het gordijn bewoog niets meer; misschien was er nog een andere ingang. Eigenlijk was het vreemd dat August van het toneel was verdwenen, want een toneelvoorstelling was wel het laatste wat hij kon hebben beoogd.

Thomas luisterde naar het jagen van de wind en voelde zich leeg als na een lachbui.

7

Hij begreep later niet meer waar hij de moed vandaan had gehaald, maar de koude, winderige maandagochtend na zijn bezoek aan de loods belde hij Leontine op of ze die middag zin had in een strandwandeling. Zijn plan kwam hemzelf meteen na het telefoontje willekeurig voor (vreemd genoeg meestal de ernstigste kritiek die je op plannen kon hebben), maar hij was er zich van bewust dat het voor een meisje niet meeviel om zoiets te weigeren zonder beledigend te zijn, en voor een belediging kende ze hem niet goed genoeg; er waren dus geen redenen om aan haar jawoord al te veel gewicht toe te kennen. Desondanks was hij de hele ochtend opgewonden en bijna radeloos vitaal, alsof er een begin was gemaakt met een ontwikkeling die onafwendbaar naar de vervulling van zijn dromen zou leiden.

Om te voorkomen dat hij 's middags voor verrassingen kwam te staan ging hij alvast naar het parkeerterrein om zijn auto te starten, en vervolgens bracht hij lange tijd voor de spiegel in de gemeenschappelijke badkamer door. Hij verwenste zijn haar, dat weigerde te krullen, en tevergeefs probeerde hij een groot aantal combinaties broeken, truien, blouses en overhemden uit. In een wijde trui zag hij er bijvoorbeeld uit als een zelfverzekerde, bekende schrijver die zich niet meer hoefde in te spannen om er als een bekende schrijver uit te zien, maar het geheel maakte een enigszins geposeerd vaderlijke indruk. Hij zocht niet naar kleding die bij zijn stemming paste, maar die hem in de stemming bracht waarin hij wilde verkeren; hij wist dat hij niet te lang zoveel van zijn kleding kon eisen, want in minder dan een dag was zijn werkelijke humeur de kleren de baas geworden en bij wijze van spreken aan het uiterlijk ervan toegevoegd, zodat ze weer voor enige tijd onbruikbaar werden. Zijn keus viel ten slotte op een spijkerbroek en een lichtblauw T-shirt met een hoog, maar niet helemaal gesloten overhemd dat nog juist een randje blauw overliet. Het was niet ideaal, maar het was beter dan niets.

Hij bladerde een paar boeken door, maar er was niets wat hem boeide: hoe bleek werden de sterren van al die bedrukte bladzijden als de zon van het ware leven opkwam! Nog anderhalf uur moest hij wachten. Hij draaide Sibelius' *Suite Karelia* driemaal, daarna *Finlandia*, en had voor het middaguur al tien sigaretten gerookt. Waarover zou hij met haar praten? Hoe zou hij zich gedragen? Hij kon kalm en geestig zijn, of bedachtzaam, of enigszins nerveus (dat vonden sommige vrouwen charmant), of ongeremd spraakzaam, of ondernemend, of duister en mannelijk; hij kon doen alsof hij een schrijver was (was hij niet), maar misschien was het in de beginfase van een relatie verstandiger om gewichtloos te zijn, of in zoverre onbegrijpelijk en alomvattend dat zij al haar fantasieën op hem zou kunnen projecteren en hij zou zijn zoals zij hem wilde zien.

Er waren te veel mogelijkheden. Hij ging voor het raam staan en keek naar het krachteloze licht. Dit was geen dag voor een strandwandeling – hij had een ernstige fout gemaakt.

Ze woonde veel te dichtbij. Hij parkeerde de auto voor de deur en zag tot zijn opluchting dat ze niet buiten stond te wachten. Hij had nog twee of drie minuten om in de juiste beginstemming te raken, om krachten te mobiliseren die hij nu niet voelde, om bronnen aan te boren die hij nog nooit aangeboord had. Hij durfde aanvankelijk de motor niet uit te zetten, omdat hij voelde dat het geluid hem een zekere bescherming bood tegen wat er moest gebeuren, maar hij overwon zichzelf en draaide de sleutel om.

Het huis toonde geen teken van leven. Er raasden auto's voorbij, en hij luisterde naar het nerveuze gezang dat de banden samen met de straatstenen produceerden; hij kon zich eigenlijk geen doordeweeksere geluiden voorstellen, maar als omlijsting van zijn eerste afspraak met Leontine verkregen ze een atmosfeer van onvervangbaarheid. Als het toch eens mogelijk was om voortdurend te begrijpen dat niets zich herhaalde! Had hij al die jaren ook maar enige vooruitgang geboekt? Hij ervoer geen enkele luchthartigheid, alsof er geen redenen tot vreugde waren, vlak voor zijn eerste afspraak met de vrouw die zijn gedachten bezet hield.

Plotseling werd hij kwaad op zichzelf: hij gedroeg zich als een idioot, hij was hier voor zijn plezier. 'Tel je zegeningen', zei zijn vader terwijl hij een blozende rollade aansneed. 'Toen ik zo oud was als jij zat ik 's zomers niet op smoorhete zolders te lezen. Ik trok er met vrienden op uit om te vissen en te zwemmen en kampvuren aan te leggen. Wij *wisten* wat plezier was.' 'Natuurlijk,' zei Thomas, 'en de zomers waren langer, want jullie vooroorlogs goede humeur had natuurlijk ook invloed op het klimaat.' 'Je moet dit van je moeder hebben,' zei zijn vader na een pauze waarin hij geen vlees had gesneden, 'want van mij heb je dit niet.' Languit op zijn jongensbed had Thomas het atheïsme liggen uitvinden, dankbaar voor de ellende die hem in staat stelde een hele cultuur af te wijzen; hij prikte briefjes aan de muur met citaten uit Camus: 'De verleiding voor alle schrandere koppen: het cynisme', of nog tegendraadser, uitspraken die hij zelf niet begreep: 'Niet alleen zijn er geen oplossingen, maar er zijn zelfs geen problemen'. Zijn ouders waren geduldig met hem geweest.

Hij draaide de sleutel om en keek opzij, naar iets wat hij

vanuit zijn ooghoeken had zien bewegen. Ze had zijn auto herkend – wat wist ze nog meer van hem?

'Me voilà', zei Leontine.

Ze was mooi, ze was een festival van rood haar, sproeten, fijngevormde lippen, armbanden, kettinkjes en oorbellen. 'Op een dag,' zei hij, 'begin ik een roman met de volgende zin: "Het was hoogzomer. Een gure wind stond haaks op de verlaten straten."'

Leontine lachte; haar stem was niet luid, maar ook niet aanstellerig ijl en mysterieus (zoals danseressen uit de jaren twintig dansten), precies het juiste mengsel van vrolijkheid en intelligentie.

'Ik wilde bijna mijn excuses aanbieden voor de weersomstandigheden,' zei Thomas, 'maar dat is precies wat moeders doen als de familiepicknick door regen wordt onderbroken.' (Twee interessante opmerkingen achtereen waren voldoende – hij moest niet overdrijven.)

'Wat een heerlijke, zorgzame moeders', zei Leontine. 'De mijne kan nog geen liter water koken.'

Hij startte de auto en begon als vanzelf af te geven op de saaiheid van zijn studie, een monoloog die een paar minuten duurde en die hij doorspekte met grappen over zinsontleding, spellingvernieuwing en Chomsky's dieptestructuren, die net zo onzichtbaar waren als God en tenminste even hinderlijk dominant. De woorden volgden elkaar gewillig op, alsof iemand anders ze onder het uitspreken van dreigementen voor hem opgetrommeld had.

Toen ze op de boulevard liepen kwam Thomas enigszins tot rust. Leontines haren woeien met grillige bewegingen van links naar rechts en bedekten af en toe haar ogen, en met gelijkmatige manoeuvres van haar slanke handen trachtte ze dan het onbelemmerd zicht op Thomas terug te krijgen.

Ze volgden een ruiterpad naar het strand. Thomas keek

van tijd tot tijd opzij en vroeg zich af hoe Leontine voor hem weggelegd kon zijn. Terwijl ze langs de vloedlijn liepen zwegen ze een tijdje, en hij was trots op het feit dat ze het al even zonder conversatie konden stellen. 'Ik ga het water in', zei ze tussen twee windstoten door. Ze leunde met een hand op Thomas' schouder en trok met vlugge, lichte bewegingen haar schoenen uit, en terwijl ze haar knieën boog, waardoor de pijpen van haar spijkerbroek omhoogkropen en een deel van haar kuiten zichtbaar maakten, begon hij ontzag te krijgen voor de zelfbeheersing die hem in staat stelde zich niet in onsamenhangende liefdesverklaringen te verliezen en haar te omhelzen en tegen zich aan te persen en zijn mond in haar warme hals te drukken. Ze liep naar de waterlijn en draaide zich naar hem om. 'Kom ook,' zei ze, 'het is zo'n bevrijdend gevoel', maar Thomas schudde zijn hoofd, om de een of andere reden was het beter om zijn schoenen aan te houden en op het droge te blijven, en hij hoopte dat zijn glimlach volstond om zijn weigering aanvaardbaar te maken.

Terwijl ze voortliepen werd het stiller op het strand. Thomas zag ervan af om over zijn bezoek aan August te spreken: waarom zou hij iemand anders lastig vallen met iets waar hij zelf geen raad mee wist? En Leontine, op een paar meter van hem vandaan, tot even boven haar enkels in het water, praatte over haar vader, de befaamde historicus Van Nederkassel, die in tegenstelling tot alle andere experts beweerde dat de Renaissance in de tiende eeuw was begonnen in plaats van in de twaalfde, of andersom, ze wist het niet meer. Thomas merkte op dat het hem heerlijk leek om een beroemde vader te hebben, maar Leontine zei dat geleerden niet bedreven waren in het bouwen van zandkastelen en dat ze al na drie minuten voetballen naar hun ligstoel moesten terugwankelen. 'Maar ik ben niet aardig,' zei ze, 'hij heeft natuurlijk andere kwaliteiten.'

Toen Leontine de zee had verlaten was Thomas verrukt over de aanblik van haar natte voeten, en het liefst was hij voor haar neergeknield om een voet tussen zijn handen te nemen en in haar verrukkelijke tenen te bijten – ja, waar bevond zich eigenlijk die onuitputtelijke bron van zelfbeheersing?

Ze liepen langzaam terug. Er kwam een groep stevig gebouwde paarden voorbij, dicht langs de waterlijn, en ze moesten wat opzij gaan om ze te laten passeren. De ruiters zaten hoog boven het zand, met strakke kaki broeken en caps met grote kleppen, waardoor ze allen hetzelfde gezicht schenen te hebben. De paarden snoven met trillende neusgaten, hun hoeven sloegen dof tegen het zand. Thomas kreeg het gevoel dat hij voor het eerst paarden zag.

Het terras was leeg. Om zoveel mogelijk beschutting te hebben namen ze een tafel bij een doorzichtig scherm. Thomas merkte dat zijn verliefdheid enigszins was verminderd, alsof het eigenlijk te hard waaide om verliefd te zijn.

'Het was een leuk idee om te gaan wandelen,' zei Leontine, 'juist met dit weer. We hebben elkaar eigenlijk nog nooit echt gesproken.'

Thomas hield haar een sigaret voor. De vlam van zijn aansteker woei eerst eenmaal uit, maar toen hij zijn jas als windscherm gebruikte richtte de kleine vlam zich kaarsrecht op.

Er verscheen een onwillige ober bij het tafeltje die hun bestelling opnam en boven verwachting snel terugkeerde, alsof hij hoopte dat hij nu de rest van de dag van iedereen verlost zou zijn.

'Je bent heel anders dan je broer', zei Thomas, terwijl hij de poedermelk nakeek die door de wind van zijn koffiekopje werd weggevoerd.

Leontine inhaleerde onhandig, als iemand die niet vaak rookt. Ze keek hem geïnteresseerd aan, maar ze zei niets.

'Je bent vooral rijper', vervolgde Thomas, die zich door haar zwijgen gedwongen zag zijn betoog voort te zetten. 'Ik weet niet hoe ik dat uit moet leggen.'

'Jullie oordelen te hard over Viktor', zei Leontine. 'Hij worstelt met iets, niemand weet waarmee. Hoe kun je ooit begrijpen waarom iemand doet wat hij doet? Waarom oordelen jullie eigenlijk?'

Thomas geneerde zich voor zijn opmerking: Leontine wierp hem precies voor de voeten waar hij zichzelf in zijn dagboek voor gewaarschuwd had – je kwam altijd ogen tekort. Waarom vergat je je eigen waarheden zo makkelijk? Misschien was het eenvoudiger om een verzameling scherpzinnige, de menselijke natuur meedogenloos ontledende aforismen te schrijven dan je eigen gedrag te doorgronden.

'En wat is rijp,' zei Leontine, de geslagen bres benuttend, 'bedoel je dan een bepaald psychisch evenwicht of iets heel anders? De domste en beperktste mensen kunnen psychisch evenwichtig zijn.' Ze leunde nu weer achterover en sloeg haar benen over elkaar. Terwijl Thomas uit alle macht probeerde om niet over haar naakte lichaam te fantaseren (hij zou de draad van het gesprek kunnen kwijtraken) begon Leontine te lachen, alsof iemand haar zojuist iets grappigs verteld had.

'Waarom lach je?' vroeg hij. Hij voelde hoe zijn voorhoofd in rimpels verdeeld werd, en hij vreesde dat hij te streng had geklonken.

'Ik weet het niet,' zei ze, 'zoals we hier zitten, in dit weer, ik weet het niet precies. Soms moet ik lachen zonder dat ik begrijp waarom, maar dan weet ik wel dat het *juist* is dat ik lach. Vreemd hè?'

'Je onderschat me,' zei Thomas, 'ik heb altijd begrip voor

iemands eigenaardigheden.' Hij keek door het scherm naar de boulevard en de duinenrij. In de lucht gingen een paar meeuwen tekeer alsof ze zojuist waren vrijgelaten.

'Behalve voor die van Viktor', zei ze.

Thomas roerde in zijn koffie, tienmaal met de klok mee en tienmaal tegen de klok in. Het gesprek moest een wending krijgen, maar welke? Zolang ze over Viktor bleven praten waren ze niet werkelijk bij elkaar, alsof ze zich verscholen achter een afwezige derde persoon.

'Viktor is iets anders,' zei hij, 'Viktor lijkt op niemand. Het grootste deel van de tijd loop ik me aan hem te ergeren, en toch is hij mijn vriend. Hoe verklaar je dat?' Verkeerd, dacht hij, nu gaan we theoretiseren over de vriendschap in het algemeen – dat kost minstens een kwartier en al die tijd komen we niet dichter bij elkaar. Hij voelde dat een van zijn schoenveters los zat en probeerde hem te strikken zonder het oogcontact met zijn tafelgenote te verliezen. 'Het is onverklaarbaar', vervolgde hij. 'Misschien houd je sommige vrienden erop na om je te ergeren, om je de meerdere te kunnen voelen, om je eigen conflicten te vergeten – alles is mogelijk (stop hiermee, dacht hij wanhopig, je hebt geen idee wat je wilt gaan beweren) want stel je voor dat we alleen de dingen deden die we begrepen! Volgens mij moet ons optreden wel spontaan zijn, maar niet begrijpelijk (stop, dacht hij, stop) en wat we denken moet nog verbonden zijn met de dingen die we ook hadden kunnen denken. Lezen is de snelste manier om het bestaan ingewikkelder te maken: we doordrenken onszelf met andermans onbegrijpelijkheden en ons eigen denken breidt zich uit. Wat bezielt mensen als ze naar helderheid streven?'

Leontine keek hem aan, haar wang in haar rechterhand. 'Dat klinkt als boekentaal,' zei ze met een glimlach. 'Viktor zegt dat je de hele dag leest.'

‘Hij overdrijft,’ zei Thomas, geërgerd door Leontines oordeel, ‘zo erg is het niet met me.’

Ze boog zich naar hem toe en smoorde haar sigaret in de asbak. ‘Je hebt het voortdurend over boeken,’ zei ze, ‘maar het leven bestaat toch niet alleen uit boeken?’

Thomas zei: ‘De Franse dichter Mallarmé hield vol dat de wereld slechts bestond om uit te monden in een boek.’

‘Arme mevrouw Mallarmé.’

‘En Ernst Jünger had liever de barbarij dan de platitude.’

‘Wat een kletskoek.’

‘Het zijn natuurlijk tot op zekere hoogte domme opmerkingen,’ zei Thomas, ‘maar je moet ze op een bepaalde manier begrijpen.’ Hij sloeg zijn linkerbeen over het rechter, maar verplaatste het meteen weer naar zijn oorspronkelijke positie. ‘Ze hebben het altijd over een “papieren wereld”,’ zei hij, ‘maar waarom is een wereld van het ene materiaal echter dan die van een ander materiaal? En wees eerlijk: hoeveel uur moet je wel niet converseren voor je eens een behoorlijke formulering hoort?’ (Thomas citeerde niet de zin die het eerst in hem was opgekomen: ‘Op de grens van verzadiging lijkt lust nog steeds oneindig.’)

‘Ben je dan alleen maar geïnteresseerd in mooie zinnen?’ Leontine klonk verbaasd, maar haar stem verried geen veroordeling, alsof ze voor deze mogelijkheid nog wel begrip kon opbrengen.

‘Zo is het niet,’ zei hij haastig, ‘al het andere is er ook.’

‘Het andere?’

De wind slaagde erin om de asbak te legen. De peuken kwamen op de grond terecht, en de as verspreidde zich gedeeltelijk over het tafeltje, zwarte puntjes op een witte achtergrond, het negatief van een foto van de sterrenhemel. Waarom sloeg hij al deze onzin uit? Begreep ze dan niet dat hij weleens iets anders aan zijn hoofd had dan letters en dat hij haar in bezit wilde nemen? Waarom riep hij niet in het wilde weg dat hij van haar hield? Hij zat opgesloten in zijn eigen beweringen, op een paar meter afstand van deze bloeiende jonge vrouw – het was om gek van te worden. Hoorde ze hem niet om hulp roepen? 'Het volle leven,' begon hij, 'het werkelijke leven...'

Het beeld van zijn moeder achter de piano, in haar peignoir. Het is middernacht, ze speelt verscheidene malen achtereen dezelfde melodie, iets uit het boek van Carl Czerny, *Die Vorschule zur Fingerfertigkeit* of iets dergelijks. Zijn vader roept vanuit het bed: 'Tine, hou daarmee op, de buren worden gek van je en je zoon is wakker.' Zijn moeder grijpt een bord dat boven op de piano staat en gooit het de slaapkamer in, en Thomas is al aan het huilen voordat het in drie grote, scherpe stukken breekt. 'Je staat niet in het volle leven,' schreeuwt zijn vader, 'kom te voorschijn uit je schuilkelder.' Dat woord is nieuw voor Thomas: schuilkelder. Hij stopt van verbazing met huilen. Zijn moeder leunt met schokkende schouders op het klepje onder de muziekboeken.

'Waar ben je met je gedachten?' vroeg Leontine.

Thomas keek langs de verlaten boulevard; in afwachting van de komst van iets anders had de wind het straatbeeld gereinigd. 'De mooie zin', zei hij, 'is een herinnering aan hoe het leven had kunnen zijn: betekenisvol en geconcentreerd. Zo zou het moeten zijn. We moeten alle trivialiteiten vermijden.'

'Boeken zijn dus niet het enige', zei Leontine met hoorbare opluchting.

'Vooruit dan maar', zei Thomas.

Ze begonnen allebei te lachen en vervolgens druk te praten, alsof de spanning die hun woorden stroef en krampachtig had gemaakt plotseling was geweken, en Thomas' hoofd werd zo warm van verliefdheid dat hij hoopte dat het haar zou gaan opvallen.

Toen Leontine naar het toilet was brak plotseling de zon door, en Thomas knipperde met zijn ogen tegen het licht dat in zijn autosleutels weerkaatste. Hij volgde een langgerekte kras in het tafelblad en dacht: Geduld! En hij keek naar de koffiekopjes, de lege asbak, de grauwe tegels onder zijn voeten en het gras aan de overkant, dat door de wind plat tegen de duinen werd gedrukt – de dingen waren in hoge mate zichzelf, alsof het lichte floers van onwerkelijkheid dat ze over het algemeen omringde was weggeblazen.

8

Tijdens de samenvatting van een voetbalwedstrijd werd Thomas gestoord door een telefoontje. Matthias vroeg naar zijn mening over de 'sessie', maar vervolgde zonder op een antwoord te wachten: 'Aanstaande zondag ontvangt de Meester thuis belangstellenden. Ook jij bent uitgenodigd. Je mag deze kans niet missen, Thomas, al moet je het natuurlijk zelf weten – trouwens, alle dingen zijn er altijd al en eigenlijk valt er niets te missen, maar je begrijpt me wel. Het is om zeven uur 's morgens. Je moet wèl op tijd zijn.'

Thomas liep niet terug naar de afdelingskeuken maar naar zijn kamer, en hij ging met het klapstoeltje onder zijn voeten in de vensterbank zitten. 'De Meester' – Matthias had het woord met een hoofdletter uitgesproken. Thomas had al die tijd geweten dat het een keer moest vallen, maar het had hem toch nog verrast. De tijd was aangebroken om een eind aan de komedie te maken. De bijeenkomst in de loods was interessant geweest, maar hij was niet het type van de volgeling, en bovendien konden waarachtige Meesters per definitie geen belangstelling hebben voor leerlingen. Wat zouden de leerlingen trouwens moeten leren? Zaten ze dag in dag uit in een bad van stilte, op zoek naar iets wat zich op de bodem ervan bevond? Er was, afgezien van het voorbijgaan van de tijd, niets gebeurd, er was niet eens gemediteerd. De hele samenkomst had nog het meest geleken op een tentoonstelling die slechts uit de bezoekers bestond, een vacuüm dat zo leeg was dat je in contrast daarmee zelf dronken werd van volheid – maar er waren nog altijd dichtgevroren vriesvakken, hinderlijke erecties, leeggelopen accu's en kritische brieven van je moeder, en geen Meester zou kunnen doen alsof die duizenden treurige futiliteiten je gedrag niet bepaalden, om maar te zwijgen van de werkelijke problemen waar de mensheid mee worstelde. Hij zou gaan, maar alleen om al die pretenties aan de kaak te stellen.

De hemel was afstandelijk grijs, en hij begreep niet goed meer waarom hij zo vroeg de straat op was gegaan. Gelukkig had een mens soms de neiging om waarde te hechten aan besluiten van de vorige avond, anders was hij onder de beschutting van zijn erotische dromen in bed blijven liggen.

Hij wandelde over het ziekenhuisterrein naar het station. Hij liep niet door de dichtstbijzijnde tunnel, maar nam de kortste route, door de stationshal. Hij ging onder de Morspoort door, stak het Galgewater over en passeerde de overzijde van het Museum voor Oudheden. De stad was doodstil, alsof hij naar een foto keek.

'Het is goed dat je gekomen bent', zei Matthias nadat hij de deur geopend had. De voorgevel van het gebouw had niets bijzonders; geen enkel teken verried de aanwezigheid van een geheimzinnige sekte. Thomas zag een kale gang met marmeren vloerplaten, halverwege de rechterkant onderbroken door een brede trap. In theorie zou hij nog weg kunnen gaan, maar hij wist dat hij zijn keuze al gemaakt had. In ieder geval zou hij zijn vrienden een smakelijk verhaal kunnen vertellen over een sekte die zich had bekwaamd in luidruchtig zwijgen – een onhoudbare paradox natuurlijk, waarmee hij inmiddels meedogenloos zou hebben afgerekend.

Thomas raakte bevangen door een grimmig soort enthousiasme, en hij veerde achter Matthias aan de trap op. Ze kwamen in een gang die niet, zoals Thomas verwacht had, voorzien was van rode lampjes, maar helderwit was geschilderd. Een leerling liep hen in tegengestelde richting voorbij, en pas op het laatste moment herkende hij Caspar. Ze sloegen rechtsaf bij een lichtblauwe deur en bestegen een tweede, smallere trap; een zware wierookgeur kwam hen tegemoet, een geur die iedere samenwerking met de TL-verlichting op de volgende overloop afwees. Voor de deuropening aan de linkerkant hing een gordijn. Nu niet geïmponeerd raken, dacht hij, doorlopen en aanvallen – ik ben uitgenodigd.

Matthias gaf een tikje tegen Thomas' arm, omdat hij plotseling was blijven staan. 'Je kunt naar binnen,' zei hij, 'August verwacht je.'

Thomas duwde het gordijn opzij en kwam in een kale, witte ruimte van zes bij vier meter, waarin zich enkele tientallen mensen bevonden; ze keken niet op toen hij met Matthias binnenkwam, maar ze hielden hun blikken gevestigd op August, die voor de tegenoverliggende wand en met gekruiste benen op het glanzende parket zat. Achter hem hing een serie in chique lijsten gevatte portretten van Indische heiligen, de meesten slechts gekleed in om hun lendenen gewikkelde witte lappen; sommige heiligen waren corpulent, andere daarentegen broodmager, maar ze hadden allen dezelfde wereldomspannende blik in hun donkere ogen. De wierookgeur was penetrant als traangas.

Thomas ging naast Matthias zitten en wachtte af, hij was van plan om na een paar minuten weg te gaan als er vandaag weer alleen maar gezwegen werd – maar zijn vrees werd al snel weggenomen. August nam een stapeltje papier van de grond en begon met een rustige stem voor te lezen, de stem die Thomas op het vliegveld vanaf de eerste lettergreep had gefascineerd, de stem die zich bewoog als een wandelaar die zich nergens naartoe haast maar toch een bestemming heeft. Thomas trachtte tevergeefs zich tegen de charme van de stem te verzetten.

'Er is niets aan de hand,' zei August, 'want er is nooit iets aan de hand. Je bent op zoek naar ervaringen om dit inzicht te ontlopen. Het valt niet mee om de feiten onder ogen te zien. Je droomt graag, je leeft in de goed verwarmde kamers van de illusie, behangen met toekomstverwachtingen en herinneringen. Je bent er niet. Als je er was zou je zien dat je eigenlijk niets leert van ervaringen. Je moet de deur openen van een kamer waar de lamp al brandt – altijd al. Er valt niets te zoeken. Je kunt ervaringen sparen tot je honderd jaar oud bent. Als je driehonderd jaar oud werd, zou je nog steeds ervaringen sparen. Ver weg, aan de horizon, rijst weer een berg op die je nog niet beklommen hebt, de sneeuw schittert in de zon. We zijn alpinisten in het hooggebergte van de geest. De geest is niet te verzadigen. Je kunt kunst, psychologie en wetenschap bedrijven, ingewikkelde gesprekken voeren, relaties aanknopen, hoop koesteren, plannen maken, duizenden boeken kun je lezen. Er zijn mensen die trek hebben in de volgende sigaret als ze de vorige nog aan het opsteken zijn. De route van de bevrediging is heilloos. Je kunt ook tien jaar op een paal gaan zitten en wijze woorden spreken, maar steeds voller wordt je geest en je ego wordt hard als een pantser. Omdat je nog steeds niet gelukkig bent stop je met vlees eten, je staakt het roken en je schuift je bezittingen aan de kant. Ten einde raad drink je zelfs niet meer, maar hoe merkwaardig, de ballon van je geest dijt uit en dijt uit, en hoe langer je zoekt hoe groter hij wordt. Je begint moe en ongelukkig te worden. Je geeft je over aan excessen, in de hoop dat de vrijheid je weer op het goede spoor zet. Maar wat is je probleem? Je zoekt nog altijd naar een zin, een betekenis, een doel. Je moet stoppen met zoeken.

Maar als ik zeg dat het eenvoudig is, bedoel ik dat het niet eenvoudig is. Je moet niet niets doen, maar je moet evenmin niets doen. Het is moeilijk uit te leggen. Er is een denker die heeft gezegd dat we worden voortgetrokken aan het touw dat we vasthouden. Het enige wat we moeten leren is het loslaten van het touw. Het is heel makkelijk, maar bijna niemand is ertoe in staat. Ik ben er om te laten zien hoe het moet. Je moet je best doen, maar je moet absoluut niet je best doen, snap je? Het zoeken is het probleem. Het zoeken is het voedsel van de geest. Het zoeken maakt je interessant. Je wilt spiritueel zijn, je denkt dat het iets met het hogere te maken heeft. Je weet niet wat het is, maar het moet wel iets ingewikkelds zijn, en je zoekt van de Noordkaap tot Vuurland en van Californië tot Japan. Hoe langer je zoekt, hoe meer je de indruk krijgt dat je spiritualiteit toeneemt, als een bedrag op een geestelijke bank, een transcendentaal krediet.' (August liet een donker gelach horen.) 'Je ontwikkelt een sterke wil, je krijgt karakter, maar het medicijn tegen de problemen vormt zelf de kwaal. Het psychologische is een doorgangsstadium. Je moet dit begrijpen, want anders komt er geen einde aan de psychologie. Je bent bang om iets te verliezen, je bent trots op je prestaties en je grootse gedachten. Maar je prestaties vormen de kleverige stof waarmee je aan de vliegenstrook van je beperkingen vastzit. En je hebt zoveel voorkeuren en afkeren, en visies en meningen, en je hele hoofd is één groot wereldbeeld – maar al je meningen zijn niets anders dan het witte laken om de schouders van een geestverschijning: het ego. Het ego is zwaarder dan lood en harder dan ebbehout.

Maar wat moet je dan doen? Je zit hier in deze kamer, je denkt dat ik je kan helpen. Je bent radeloos van onrust, je brandt van verlangen om zinvolle dingen te doen. Je draaft van de ene verplichting naar de andere. Een overvolle agenda ontneemt je het zicht op je stervensuur. De gedachte dat je zult sterven is ondraaglijk. Je weigert om angstig te zijn, en daarom weiger je ook om devoot te zijn. Je weigert je op het goddelijke te concentreren, je weigert om zorgvuldig te zijn. Niets is zo onvindbaar als het heden.

En ach, hangend boven de afgrond van het niets probeer je je te troosten met bezittingen en je zogenaamde eigenschappen. Je hebt nooit moeite met identificaties, zonder enige zichtbare inspanning ben je de ene persoon of de andere en denk je dat je je karakter hebt ontdekt. Je hecht aan alles – kon je maar stoppen met je aan de dingen en de mensen te hechten. Het vasthouden aan de dingen brengt je niet dichter bij de werkelijkheid, al zou je misschien het omgekeerde verwachten. Soms lijkt het onmogelijk om, te midden van al de dingen waar je aan hecht, jezelf te ontdekken, en dat is geen wonder, want buiten die dingen besta je helemaal niet. Snap je wat ik wil zeggen? Afgezien van je identificaties besta je helemaal niet.

Ik weet wie je bent, want ik weet waar je aan hecht. Je wilt geen deel uitmaken van een sekte, want je bent kritisch, je bent atheïst, je wilt je niets laten wijs maken, je bent wetenschapper, vegetariër, predikant of kasteelbouwer. Je wilt niet vluchten, je wilt sterk zijn. Je bent hier gekomen om sterk te zijn, één grote gebalde vuist ben je, zeventig kilo vastberaden weerstand. Ik ruik je wanhoop.

Maar op een dag, zeg ik je, zeg ik jullie allemaal, op een dag sta je in de kamer waar het licht brandt, de kamer die zich in je huis bevond, altijd al, met een lamp die nooit uit is geweest.'

August zweeg. Thomas opende zijn ogen en krabde aan zijn knie. Wie had hem gevraagd zijn ogen te sluiten? Het licht was pijnlijk helder, en het duurde enige tijd voor hij eraan gewend was.

'Dit is allemaal zo verschrikkelijk wáár,' fluisterde Matthias, 'en het is steeds weer nieuw voor me, snap je?'

'Nee,' zei Thomas zachtjes, 'op den duur moet het toch saai worden, veronderstel ik.'

'Waarheid', zei Matthias met een glimlach die Thomas ruimhartig vergiffenis schonk voor zijn domheid, 'kán niet saai zijn'.

'Ik ken duizenden saaie waarheden', zei Thomas, maar Matthias reageerde niet meer. August spreidde zijn armen alsof hij iedereen tegelijk wilde omhelzen en zei met een brede lach: 'Het vrolijke kwartiertje. Wie begint er vandaag?'

'Na iedere rede mogen we vragen stellen,' legde Matthias zachtjes uit, 'jij mag ook, als je dat wilt. Dit is het heerlijkste moment van de week, want dan is hij zo dichtbij – maar we mogen niet verslaafd raken aan dit persoonlijke contact, en daarom kan het niet lang duren.'

'Dat klinkt logisch,' zei Thomas, 'maar al met al mag er niet veel.'

'Je bent vrij,' zei Matthias, terwijl hij naar August bleef kijken, 'als je je maar niet hecht.'

Een broodmagere, bebrilde jongeman met een enorme adamsappel schraapte zijn keel en verbrak de stilte. 'Meester,' zei hij met een stem die in de buurt van een falset verkeerde, 'ik vind het altijd moeilijk om keuzes te maken. Is er een manier – ik bedoel, is er een methode om zekerheid te verkrijgen?'

August leunde met zijn onderarmen op zijn knieën en maakte een snelle beweging met zijn hoofd, dat op precies hetzelfde punt in de ruimte scheen terug te keren. Bij het begin van zijn antwoorden keek hij naar de vragensteller, maar daarna begonnen zijn blikken langs de andere aanwezigen te dwalen; Thomas meende af en toe dat August vaag glimlachte als hun blikken elkaar kruisten, maar hij was er niet van overtuigd, want Augusts gezicht vertoonde voortdurend de sporen van snel opdoemende en weer verdwijnende glimlachjes. 'Ferdinand,' zei August, 'je vraagt naar methodes en zekerheden, maar deze hele kwestie wortelt al in de verwarring. Je bent ten prooi aan een waanvoorstelling als je denkt dat er keuzes gemaakt moeten worden, want het soort zekerheden dat je met beslissingen bereikt of waar je je beslissingen op wilt baseren is niets waard – wij zijn alleen geïnteresseerd in het onmiddellijke, in het evidente, snap je? Verstandige beslissingen willen nemen is een flauwiteit, de zoveelste vorm van het zoeken naar een waarheid. Je kunt er je tijd mee doorbrengen en voor de aardigheid wat energieën van links naar rechts en van boven naar onder verplaatsen terwijl je al die tijd de indruk hebt dat je handelt, maar het resulteert in niets, snap je?'

Ferdinand knikte tevreden. Hij nam zijn bril af en ademde op de glazen, die hij vervolgens met een punt van zijn T-shirt begon te reinigen. 'Ferdinand stelt altijd dezelfde vraag,' fluisterde Matthias zorgelijk, 'er zit geen enkele vooruitgang in, hoewel natuurlijk het hele idee van vooruitgang onzinnig is, maar hoe moet ik dit uitdrukken? Ferdinand is op de *verkeerde* manier koppig.'

Thomas knikte zwijgend en keek de zaal rond. Caspar had zijn leren jack dichtgeritst en de kraag omhooggezet, alsof het koud en regenachtig was. De leerlingen, in leeftijd variërend van twintig tot zestig, droegen allen hun eigen soort kleding, maar desondanks was er sprake van een stijl die werd gekenmerkt door een ondefinieerbare, maar nergens aantoonbare groezeligheid. Er waren maar vier meisjes, maar er was er niet een bij van wie voor Thomas ook maar enige seksuele bekoring uitging, zoals hij al snel had vastgesteld.

Een jongeman met blond haar vroeg: 'Meester, ik heb de behoefte om heel veel te roken, maar ik vind roken het bewijs van een gebrek aan zelfbeheersing. Wat moet ik doen?'

'Evert weer,' zei Matthias half achter zijn hand, 'ook deze

vraag doet niet ter zake.'

August begon te lachen. 'Rook je maar een ongeluk,' zei hij, 'wat denk je te bereiken als je stopt? Het gevoel dat je jezelf onder controle hebt? Bravo, kruip maar in een hoekje en wees gelukkig met je succes. Maar wat vraagt Evert aan mij?' (August begon hier weer aan zijn kijktraject.) 'Hij wil zijn gedrag op een gewoonte grondvesten en zoekt steun. Waarom zoekt hij steun? Ik kan niets voor hem doen. Alleen onrijpe mensen zoeken steun, en jullie zijn allemaal onrijp. Er zijn geen problemen, dus waarom zouden we naar oplossingen zoeken? Ze doen niet ter zake, want niets doet ter zake, al moet je me niet verkeerd begrijpen. Waarom is Evert zo gehecht aan zijn zelfbeeld? Hij is nu een roker en wil een niet-roker worden, maar wat maakt het uit?' August keerde terug naar Evert: 'Je wordt gedomineerd door het roken, wel of niet, aan of uit, veel of weinig – werp dit probleem terzijde, als je hier maar niet rookt tenminste.' August begon te bulderen van het lachen en het hele zaaltje lachte mee.

Een mager meisje met zwart sluik haar stak haar hand omhoog en zaaide met een heldere, trillingvrije stem de vraag van iemand die weet welk antwoord zal worden geoogst: 'Hoe kunnen we stoppen met zoeken, Meester, want we mogen immers niets doen?'

Matthias knikte tevreden, 'ja ja', hoorde Thomas hem zeggen, en August zei: 'Er zijn geen problemen, Andrea, anders zou ik zeggen: een netelig probleem,' (er werd gegrinnikt) 'maar je moet niet vergeten dat alles is toegestaan, want je remmingen bevinden zich in je eigen hoofd, het is je historie geworden, je denkt zelfs dat het je *karakter* is. De waarheid is dat je nergens mee kunt stoppen. Zodra je iets wilt slaat immers de verkramptheid toe en neem je weer deel aan het oneindige ganzenbord van je verlangens. Je moet jezelf observeren, je moet jezelf leren kennen. Je gaat geen vrolijke tijd tegemoet, want er is geen troost, de waarheid lijkt plotseling ver weg, je herinnert je die man met dat hoge voorhoofd en dat rare brede gezicht' (langdurig, luid gelach) 'die allemaal onzin uitsloeg en je wilt zijn woorden gaan *weerleggen.* Je hebt geen zin in de gedachte dat de substantie waaruit je ervaringen bestaan het lijden is. En je moet je realiseren, als je werkelijk wanhopig bent, dat er geen troost is' (August lachte luid, maar heel kort) 'en dat je nergens heen kunt. Is dat geen verheffende gedachte? En dan plotseling, op een dag, zul je merken dat het graan is opgekomen en dat de zon al die tijd boven de velden heeft gestaan. Hebben jullie nog een vraag? Dit is ons vrolijke kwartiertje.'

Er kwam een vraag in Thomas op die hij met geweld moest onderdrukken, een vraag die hij haast niet zelf verzonnen kon hebben maar die hem tegelijkertijd vreemd en vertrouwd voorkwam, zoals op de momenten dat hij oververmoeid was en de objecten zich zowel dichtbij als ver weg schenen te bevinden (een verschijnsel dat niemand hem nog had kunnen verklaren). Hij klemde zijn lippen opeen bij wijze van voorzorgsmaatregel, en wat hij niet vroeg was: *bewijst dorst het bestaan van water?* Hij was benieuwd wat August daarop zou hebben geantwoord, maar hij stelde geen vraag – hij wilde niet of hij durfde niet.

Matthias kwam half overeind en vroeg: 'Meester, waarom is het belangrijk dat we straks naar de film gaan kijken?' De brave leerling, dacht Thomas, ze blijven je kennelijk nooit bespaard. Toch mocht hij Matthias, hij overtuigde hem, mensen zoals hij waren er te weinig. Het feit dat ze afweken van het gemiddelde beviel hem, en ze weken niet eens zozeer af door wat ze deden, maar door de *ijlheid* van wat ze nastreefden.

August zei: 'Zonder inzicht komt er niets op gang. Ik wil jullie laten zien wie ik ben en wat ik vertegenwoordig – dat is de reden waarom ik hier ben en niet ergens anders, hoewel ik natuurlijk ook ergens anders had kunnen zijn, snap je? Ik ben een signaal, jongens en meisjes, ik ben een herinnering, maar je moet wel luisteren en zien, want ik heb geen oplossingen voor jullie.'

Meteen na deze woorden stond hij op en verdween achter het gordijn. 'We gaan naar de zolder', zei Matthias. 'Hij heeft in Amerika een toespraak gehouden, en die is gefilmd. In Montana heeft hij al honderden volgelingen.'

De leerlingen liepen naar de gang en stommelden een derde trap op. Thomas kwam naast het meisje te lopen dat Andrea was genoemd; ze bleek langer te zijn dan hijzelf. Ze lachte naar hem, zodat hij het gevoel kreeg dat hij al verplicht was om tot de beweging toe te treden; misschien was hij overgevoelig voor vriendelijkheid of wilde hij nooit iemand teleurstellen, behalve Viktor (hoe eigenaardig, dacht hij, dat je je bij mensen die je ergeren zozeer op je gemak kunt voelen).

De muur langs de trap was nog niet geschilderd, en kurkdroge verfbladders zaten als kleine, vuilwitte schelpjes tegen de muur. Er hingen met wrijfletters bedrukte briefjes: 'Terug naar het Lichaam', 'Je bent er niet', 'Waar ben je al die tijd geweest'.

Vlak achter zijn rug vroeg iemand: 'Hoe vond je de toespraak, Thomas?'

Hij schudde de hand van Caspar. 'Ik ben diep geraakt,' zei hij, 'maar ik weet niet precies waar. Maar vertel eens, hoe betalen jullie zo'n groot duur gebouw?'

Matthias begon te lachen en Caspar zei: 'We hebben geen geld. De eigenaar van het pand is een oude kennis van August, en hij heeft ons enige tijd gesteund, maar nu zoeken we geldschieters. Als er niet gauw geld komt, verhuurt de eigenaar het gebouw aan anderen. Dat zou een ramp zijn, want we voelen ons hier op ons gemak. Toen August in Amerika was zijn wij het gaan opknappen. Maar we zijn nog niet klaar, zoals je ziet'. Hij trok vlak naast het briefje 'Je bent er altijd al' een reepje droge verf van de muur. Thomas wilde opmerken dat deze mededeling strijdig was met de tekst op het tweede briefje dat hij gezien had, maar hij vermoedde reeds welke draai de leerlingen daaraan zouden geven en eigenlijk deed het ook niet ter zake; Hij was, moest hij zichzelf bekennen, nieuwsgierig geworden naar de film.

De zolder was groot en halfdonker; door twee met lappen bedekte schuine ramen viel schraal licht. De vloer lag bezaaid met dekens en kleden die bij het Leger des Heils moesten zijn gehaald. Voor een van de korte zijden stond een scherm opgesteld.

Thomas zocht August, en hij vond hem in een hoek van de zaal op de enige stoel die er was. Zijn gezicht was niet goed te zien, maar het scheen Thomas toe dat het zowel sereniteit als somberheid kon uitdrukken. Had hij Thomas werkelijk uitgenodigd? Waarom was zijn gedrag dan zo onpersoonlijk?

Hij ging tussen de leerlingen zitten, naast Andrea. Ze droeg een oude spijkerbroek, en aan haar grote benige voeten zaten slippers. Ze keerde zich plotseling naar hem toe en stak haar hand uit. 'Ik heet Andrea. Hoe heet jij?'

Thomas voelde vaak een diepe weerzin als hij zijn naam moest noemen, een weerzin die hij niet begreep en waarvan de wortels wellicht ooit, als resultaat van een duizenden guldens kostende en zich jaren voortslepende psychoanalyse zouden worden blootgelegd, maar die hem iedere keer weer hinderde en verbaasde. Hij bewoog zijn hoofd met een ruk omhoog en zei: 'Thomas' – het was eruit, hij had het weer volbracht. Hij leunde achterover op een ruw kleed en de harde stoppels prikten in zijn ellebogen.

'Het is een onbeschrijflijk mooie film,' zei Andrea, 'hij lijkt in niets op alle andere films die je gezien hebt.'

Omdat hij niets wist te zeggen vroeg Thomas: 'Waar gaat hij over? Over de Leer?' Hij gokte erop dat er een Leer zou bestaan.

'Het gaat om een manier van zijn', zei Andrea. 'We hebben het heden nog niet bereikt. Zijn boodschap is eigenlijk onbeschrijflijk eenvoudig, maar de gevolgen zijn enorm. Maar wat vond je van Augusts lezing?'

Andrea zag er niet uit als iemand die zich door kritische opmerkingen van de wijs zou laten brengen, maar Thomas voelde een plotselinge en intense lust om haar te kwetsen, om venijnigheden te formuleren die op het hart van haar geestelijke heiligdommen gericht waren – hij wilde ten strijde trekken tegen de morbiditeit van een heel gebouw vol met mensen die op dezelfde manier over het bestaan dachten.

'Noemen jullie dat een lezing?' vroeg Thomas om uitstel te verkrijgen.

'Dat maakt niet uit,' zei Andrea, 'het is maar een woord.'

'Ik denk daar niet zo nonchalant over,' zei Thomas, 'het ene woord is het andere niet. Maar wat ik vond? Ik heb het allemaal al eens gehoord. Het was niet origineel, maar ik neem aan dat originaliteit geen doelstelling van August is?'

Thomas keek opzij en probeerde uit te vinden of zijn belediging op het juiste adres was bezorgd, maar Andrea's gelaatsuitdrukking vertoonde geen verandering van betekenis. 'Het gaat om de waarheid,' zei ze, 'en die valt altijd buiten esthetische categorieën van oorspronkelijkheid.'

Thomas zei: 'Jullie gebruiken dat woord wel heel achteloos, de waarheid. Dit is het tijdperk van het autonome individu: geen enkele smaak wordt hoger aangeslagen dan welke andere smaak ook, de ideologieën zijn net als God morsdood, de natuur wordt geregeerd door chaos en er is geen algemene waarheid meer. Jullie hebben de laatste vijftig jaar geen kranten gelezen – ikzelf trouwens ook niet.'

'Lieve help, Thomas, wat een woordenvloed. Ik begrijp niet waar je het over hebt. Over de waarheid hoef je niet te praten, die voel je als je ermee geconfronteerd wordt.' Andrea keek hem aan alsof ze niet kon begrijpen dat iemand daar niet van overtuigd was.

'Dat is mij te simpel,' zei Thomas, 'dan hoeven we geen wetenschap meer te bedrijven.'

'Over die waarheden heb ik het niet', zei Andrea. 'De waarheden van je hart zijn van een andere orde, die gaan over geboorte en dood, relaties, er zijn of er niet zijn.'

Thomas keek ongeduldig de zolder rond. Een paar mensen waren bezig om een snoer uit te rollen en een projectieapparaat op te stellen, en groepjes leerlingen zaten, verspreid over de hele ruimte, zonder stemverheffing te praten.

'En al dat gezeur over het ego,' zei Thomas, 'dat weten we zo langzamerhand wel, maar wij moeten er nu eenmaal mee werken. Er zijn andere problemen: vuil, armoede, overbevolking. Wij kunnen ons deze luxe niet permitteren.'

'Maar Thomas,' riep Andrea uit, 'onze onrijpheid is de basis van alle problemen. Het heeft geen zin om symptomen te bestrijden.'

'Het is onzinnig om alle problemen in jezelf te zoeken. Je moet niet in psychologie blijven steken.'

'Dat laatste ben ik met je eens,' lachte Andrea, 'maar je moet je er wel eerst mee bezighouden.'

Het viel niet mee om haar te kwetsen, en Thomas was bijna vergeten dat hij het van plan was geweest. Hij zocht nog naarstig naar een verzoenende uitspraak toen Andrea werd weggeroepen door Evert, die samen met Matthias en Caspar bij de filmprojector stond. Er volgde een druk overleg. Evert vroeg iets, en Andrea schudde haar hoofd. Ze liep naar een kast in een hoek van de zaal, op zoek naar een object dat ze niet kon vinden. Caspar daalde de trap af en verdween uit het zicht, terwijl Evert aan het snoer van de projector trok. Er was overal geroezemoes. Thomas kwam overeind, liep naar Matthias toe en hoorde dat de lamp stuk was, of misschien was er een ander defect, als ze een andere lamp hadden konden ze daarover zekerheid verkrijgen. 'Daar liggen geen lampen', zei Andrea op de vitale toon van een jeugdleidster die een ramp omschrijft maar meteen troost wil bieden. 'Ik denk dat ze beneden in de stoppenkast liggen.'

Caspar kwam al terug op het moment dat Andrea naar beneden vertrok. 'De Meester zal wel heel kwaad zijn,' zei hij, 'net als toen de auto niet startte.'

Ze keken allemaal naar August, die in het halfdonker op zijn stoel zat. Hij bewoog niet, en zijn ogen waren donkere vlekken, tot stilstand gekomen planeten.

Thomas vroeg: 'Is dit nu zo erg? Dit kan toch iedereen overkomen?'

'Het is *onzorgvuldig*,' zei Matthias somber, 'en iets ergers had ons niet kunnen gebeuren. We hebben dit slecht voorbereid. Geen extra lampen, hoe is het mogelijk! We hadden de apparatuur gisteren moeten testen. Dit is precies wat hij altijd bedoelt. Ik begrijp niet dat deze dingen steeds weer gebeuren. Het betekent dat we nog helemaal nergens zijn, snap je? We zijn het stof op zijn schoenen niet waard.'

Thomas opende een klepje aan de zijkant van het apparaat en duwde tegen de fitting van de projectielamp: wat zou het een genot zijn als hij voor de tweede keer kon toeslaan! Misschien zat de stekker niet eens in het stopcontact – hoe vaak had zijn vader dat niet meegemaakt? Hij volgde met zijn ogen het verlengsnoer dat van de projector en tussen een paar leerlingen door in de richting van August liep. 'Zit de stekker erin?' vroeg hij aan niemand in het bijzonder. 'Dat hebben jullie toch wel gecontroleerd?'

Zonder op antwoord te wachten volgde hij het snoer naar de achterwand, en hoe dichter hij bij August in de buurt kwam, hoe opgewondener hij werd; hij was er plotseling van overtuigd dat August hem niet vergeten was, en hij zou hem nu iets vragen, het deed er niet toe wat.

Hij bukte bij het stopcontact, op twee meter afstand van Augusts stoel en hij zette zich schrap, misschien omdat hij zelf iets wilde zeggen of misschien omdat hij een opmerking van August verwachtte, maar toch schrok hij toen hij hoorde: 'Ik vraag het voor de tweede keer, Thomas, hoe gaat het met je?'

Thomas' ogen waren nu helemaal aan het donker gewend. Hij kwam overeind, wist zich geen raad met zijn handen en stopte ze in zijn zakken, maar deze houding kwam hem weer geforceerd voor. Hij haalde zijn rechterhand maar weer te voorschijn en leunde daarmee tegen de wand naast hem. Hij verafschuwde zichzelf, hij stond op een verschrikkelijke manier te schutteren – wat had hij met deze man te maken? Hij was hier toevallig op bezoek, hij ging straks weer naar huis. 'Er moet iets veranderen,' zei hij, 'er moet iets grondig veranderen.'

August knikte en wierp een blik op het stopcontact, alsof hij daar iets snedigs over wilde opmerken, maar hij wendde zich opnieuw tot Thomas en zei: 'Mocht je dorst hebben, Thomas, dan zou ik zeggen: drink.'

Thomas voelde hoe hij enige tijd ja stond te knikken als de trillende speelgoedhondjes die je weleens achter in personenauto's zag staan en die bij iedere oneffenheid in de weg een poosje hun kop bewogen. 'Ja', zei hij uiteindelijk, en hij begaf zich weer naar de filmprojector. Hij merkte dat zijn benen beefden.

Caspar passeerde hem in tegenovergestelde richting. Toen

Thomas omkeek zag hij hem bij Augusts stoel staan en gebaren maken die erop duidden dat hij iets niet begreep. Na enkele minuten stond August op. Hij voegde Caspar enige woorden toe en liep vervolgens naar het trapgat, waar hij uit het zicht verdween. 'Hij is kwaad', legde Caspar uit toen hij was teruggekeerd. 'Het interesseert hem niet wie de schuldige is, maar we doen niet genoeg ons best. Hij gaat de rest van de dag naar zijn kamer.'

Het gemurmel van de stemmen was toegenomen, en de leerlingen wierpen van tijd tot tijd broeierige en onderzoekende blikken op de projector, alsof er een kwade geest in huisde, en Thomas kon zich niet meer herinneren welke dag van de week het ook al weer was.

9

Rademakers stem werd nog altijd gedragen door een met moeite onderdrukte juichkreet. Hij begroette de Steins toen ze de sleutel van de bungalow kwamen halen. De geslonken gestalte en de stok van Thomas' vader moesten zijn aandacht wel trekken, maar hij zei er niets over en hij greep Thomas joviaal bij diens bovenarm. 'Toch maar weer eens meegekomen met je ouders', zei hij. 'Ben je daar niet een beetje te oud voor?'

'Op speciaal verzoek van mijn moeder', zei Thomas.

'Een vent van eenentwintig,' zei zijn vader, 'soms lijkt het erop alsof je nooit van ze afkomt.'

'Dat is geen aardige opmerking, Paul', zei zijn moeder. 'Hij gaat mee omdat wij dat gevraagd hebben.'

Zijn vader leunde tegen de balie van het kantoortje, zodat hij zijn stok laconiek kon optillen, alsof hij hem niet nodig had. 'Ik maakte maar een grapje mens, doe niet zo zenuwachtig.'

Rademaker begon te lachen, op de geroutineerde, alle problemen wegvagende manier van een bedrijfsleider. 'We gaan er een fijne week van maken,' riep hij, 'er is goed weer voorspeld, dus wat dat betreft is er niets aan de hand. Er is trouwens nooit iets aan de hand, want als het regent organiseren we een overdekt evenement. Dat is het heerlijke van een vakantiekamp.'

Terwijl Thomas nog genoot van de zinsnede 'overdekt evenement' (je kon gebeurtenissen van een dak voorzien!) ging Rademaker tussen zijn ouders staan, zoals een quizmaster tussen twee deelnemers. Thomas wisselde een paar blikken met zijn moeder, en ook Rademaker keek hem, ondertussen doorpratend over een boswandeling, een fractie van een seconde aan, zo kort zelfs dat het leek alsof hij zich schaamde voor de bijgedachten die hij op dat moment wel *moest* hebben.

Thomas' vader zat die week in een rokerige kantine achter zijn bingokaarten, maakte grapjes met zijn tafelgenoten en begon weer alcohol te drinken. Er zat iets koppigs in de manier waarop hij plezier maakte: zijn robuuste lichaam had hem onverhoeds verlaten en hij zou het dit verraad nooit vergeven.

De boswandeling stond voor de vierde dag op het programma. Het had geregend, de bomen dampten in het zonlicht, dat duizendvoudig werd weerkaatst door het natte mos. Rademaker had meer energie dan hij ooit zou kunnen verbruiken; hij leidde de groep trefzeker door bossen en velden, en hij wees erica en dopheide en graspiepers en boomleeuweriken aan. Thomas' vader bevond zich meestal in de voorste linies, maar op zanderig terrein kreeg hij problemen met zijn puntige stok, en toen ze een uur onderweg waren liet hij zich op een boomstronk zakken. Hij lachte ongelukkig, de hoekige jukbeenderen wierpen slagschaduwen in zijn grauwe gezicht. Hij was niet moe, legde hij uit, hij had pijn in zijn rug, een erfenis van het ziekenhuis.

Rademaker ging naast hem zitten. Hij pulkte aan de schubben van een denneappel, hij keek omhoog naar de toppen van de bomen en hij vertelde zomaar iets over de korhoender. Thomas herinnerde zich de scène nog heel precies: zijn vader zit met gebogen hoofd te ademen, zijn armen wijd uiteen, rustend op zijn knieën, hij antwoordt niet maar beweegt zijn hoofd op en neer, ten teken dat hij luistert. Soms werpt Rademaker een blik op zijn toerist, en in die seconden ziet Thomas dat de spreker even aarzelt, hij zoekt dan tevergeefs naar nieuwe details over de kuifleeuwerik. Thomas' moeder loopt een eindje het hoge gras in en snuit haar neus, een vreemd, snerpend geluid dat van een onbekend dier afkomstig zou kunnen zijn. Het is warm geworden. Afgezien van Rademaker spreekt niemand meer, insekten zoemen een paar meter boven de geurige grond en honderden vogels overschreeuwen elkaar in het gebladerte. Ten slotte zwijgt ook Rademaker. Thomas kijkt omhoog en hij zoekt het sportvliegtuig waarvan het ijle, aarzelende motorgeluid afkomstig moet zijn dat zich als vanuit een leegte over de hele aarde heeft ontfermd.

'Mannen zijn voyeurs', besloot Schless een verhaal dat hij al buiten de mensa was begonnen. 'Op een dag worden we ontmaskerd en dan organiseren de vrouwen een Bartholomeusnacht waarbij vergeleken de vorige in het niet zinkt.'

'Je kletst,' zei Thomas, 'het is allang geen geheim meer.' Hij zag Viktors mooie nieuwe collega achter een grote bak spaghetti staan, waaruit ze met slome bewegingen en nog enigszins onhandig de borden van studenten volschepte. Haar gezicht was verhit door de opstijgende damp, en ze lachte als met tegenzin om de kwinkslagen van de koks en bezoekers. Thomas nam zich voor om in tegenstelling tot diverse andere mannelijke eters geen enkele grap te maken; hij volgde aandachtig de grote lepel die een rokende wanorde van slierten op zijn bord kwakte en hij vermeed een blik op haar witte blouse, waarvan de twee bovenste knoopjes openstonden.

'Alleen korte sliertjes graag', zei Schless.

Thomas zag dat ze lelijker werd als ze lachte, alsof een betere straatverlichting de gebreken van de huizen onthulde. Door een geopende deur zag hij Viktor, die vuile borden op een lopende band stond te plaatsen, een aanblik die Thomas diep bevredigde.

'En vrouwen,' vroeg hij toen ze aan een van de tientallen tafels in de enorme eetzaal een plaats hadden gevonden, 'zijn dat ook voyeurs?'

'De seksualiteit van vrouwen is praktischer en tegelijkertijd met meer illusies omgeven dan de onze', doceerde Schless. 'Vrouwen leven intenser en fysieker dan de man. Volgens mij' – Schless sprak op de toon van een kenner die een geliefkoosde theorie herhaalt – 'volgens mij moet je het rijk der mannen uiteindelijk niet serieus nemen. Hun politiek, hun carrière, de manier waarop ze met vrouwen omgaan, hun onderlinge gesprekken – alles is spel. Mannen spelen tot ze erbij neervallen, nooit bereiken ze de realiteit. Hun voyeurisme, hun narcisme, hun estheticisme, hun behoefte om te imponeren, hun onvermogen om alleen te zijn, hun permanente nervositeit, hun gebrek aan gevoel voor het psychologische wijzen maar in één richting: de mannelijke onwil om de realiteit te aanvaarden. Ze zijn bang, maar ze weten niet waarvoor. Kun je me volgen of is dit slechts meeslepend gelul?'

'Het is te radicaal', zei Thomas.

'Er is niets radicaals aan,' zei Schless, 'het is gebaseerd op waarnemingen. Iedere uitzondering verbijstert me.'

Thomas zei: 'Je klinkt als een antisemitische jood. Je laat je verleiden door de schoonheid van het radicale.'

'Zoals ik al zei,' antwoordde Schless triomfantelijk, 'we zijn estheten, maar uit noodzaak. Daarachter huist de leegte. Mag ik het zout even?'

Hij begon met snelle, ongeduldige gebaren zijn spaghetti in nog kleinere stukjes te snijden; eigenlijk nuttigde hij zijn eten niet, hij ging het te lijf alsof het hem iets misdaan had. Vlak achter hem zat een student te lezen in een slordig opgevouwen krant (hoe graag zou Thomas die netjes gladstrijken), terwijl hij zonder naar zijn bord te kijken spaghetti naar zijn maag verplaatste. 'Het is onzorgvuldig,' hoorde Thomas in zijn fantasie de stem van August zeggen, 'gedachteloos eten is onnauwkeurig en nonchalant, in zekere zin is het zelfs immoreel, snap je?'

Hun lust tot discussiëren was verdwenen. In de verte zag hij het mooie meisje achter de opschepbalie staan, en hij dacht aan Leontine. Vanavond zou hij haar misschien weer zien. Omringd door vriendinnen was ze heen en weer naar college gefietst, ze had haar moeder gebeld, ze had met haar mooie rode haar glanzend in het licht van een bureaulamp over haar studieboeken gebogen gezeten, ze had zich twee of drie seconden afgevraagd of Thomas Stein nog steeds een blauwe plek had van die harde schop, misschien zelfs iets langer, en hij genoot van de gedachte dat hij een minieme plaats had ergens in de grijze windingen van haar brein.

Schless vroeg: 'Komt Leontine nog mee vanavond?' Thomas bedacht opnieuw en met een schok dat Schless momenteel een vrij man was, en hij zon op een manier om het terrein af te bakenen: als hij iets niet kon gebruiken was het wel de concurrentie van Rolf Schless.

'Volgens Viktor wel', zei Thomas. 'Ze is heel aantrekkelijk, vind je niet?'

'Ze is nogal braaf,' zei Schless, 'maar jij was zo te zien diep onder de indruk.'

'Hoe weet je dat?' vroeg Thomas opgelucht.

'Je ogen rolden uit je hoofd,' zei Schless, 'hetgeen overigens weer naadloos in mijn theorie past.'

Thomas was zich plotseling hinderlijk bewust van diverse, met voedsel samenhangende geluiden: messen die tegen aardewerk tot stilstand kwamen, rinkelend kleingeld bij de kassa's en een zacht verend tapijt van stemmen. En er begon zweet te prikken onder zijn haar; hij draaide de spaghetti rusteloos rond zijn vork totdat het allang niet meer nodig was en de draaibeweging zich voltrok alsof hij er geen macht meer over had.

Ze staken een brug over en liepen langs de andere kant van de gracht naar de sociëteit; het avondlicht lag stervend geelgrijs op de ongelijke stenen. Ze bleven steken bij een verlaten terras en bestelden een biertje. Het werd zomer, maar waar was iedereen? Wat werd er van de achterblijvers verwacht? Thomas onderdrukte de behoefte om zijn sigaret in het bruine water te gooien en vervolgens te luisteren naar het fijnzinnige gesis waarmee de tabak doofde. Hij was onrustig, in afwachting van een niet nader te omschrijven rijkdom die op hem wachtte, nieuwe ervaringen, licht, drukte, jeugd, de geur van de zomer die zich vermengde met diffuse seksuele verlangens, ervaringen waar hij naar snakte toen hij zich inschreef voor de universiteit, en hij voelde het leven om zich heen dat onontdekt zoemde en murmelde in zusterflats, op zolderkamers en in grachtenpanden, en op een dag zou die hele tintelende rijkdom over zijn lichaam en geest worden uitgestort. Maar als er nu eens niets zou gebeuren? De warmte van de avond lag zwaar op zijn voorhoofd en hij kneep zijn ogen dicht. Soms leek het alsof ergens een groot feest gaande was waarop alle mensen aanwezig waren die hij gekend had en die hij zou leren kennen – maar hij was het adres vergeten en dwaalde door de stad, af en toe een zijstraat ingeleid door een paar verleidelijke flarden muziek, soms een andere richting uitgestuurd door een voorbijganger die er niet al te toevallig uitzag. Het mysterie was bitter en het mysterie was verrukkelijk.

Afgezien van de studenten die dienst hadden was de sociëteitszaal leeg; de meeste leden hadden de gewoonte tegen elven te verschijnen, nadat ze een paar verspilde uren boven verhandelingen over het Achtvoudige Pad en de polymorfe perversie van het kind hadden doorgebracht. Thomas en Schless klommen op een hoge kruk bij de bar en bestelden het derde of vierde biertje van de avond. Het terras had hen al enigszins voorbereid op de gebeurtenissen van het Laatste Feest van het Seizoen, georganiseerd door de activiteitencommissie. Thomas dronk zijn glas in een paar teugen leeg en hij sloeg Schless op zijn schouder, ten teken dat het zijn beurt was. Een paar honderd meter verderop zat August in zijn wit geschilderde kamer en dacht als enige in deze lome stad aan niets, en hij zat hier bier te drinken in de hoop op een volheid die alle andere volheden overbodig maakte. Hij keek en keek tot zijn oogspieren last van melkzuur kregen, geen enkel openstaand knoopje ontging hem (ad fundum), en ondertussen las hij in woordenboeken en encyclopedieën, genietend van mooie namen als Cateau-Cambrésis, Catulle Mendès, Medardo Rosso, Kirk Kilisse, Krasnodar, Taganrog – het zou wel een ziekte zijn, maar hij wist niet of hij wilde genezen.

Thomas voelde dat hij draaierig werd en hij hield zich vast aan de rand van de bar. Hij was een toeschouwer, hij leefde in een bedompt, schimmelig privé-wereldje. Meteen na de kosmisch-anonieme fase was hij van slag geraakt, hij verlangde terug naar het paradijs dat volgens de psychoanalytici uit één gigantische tepel moest bestaan en hij wilde naar huis, naar huis... maar eerst wilde hij naar het toilet, want hij voelde zich plotseling helemaal niet goed, het maagzuur van Ucalegon brandde reeds – Thomas sprong van zijn kruk, sloeg rechtsaf, rende door de koele gang, weer rechtsaf, verbaasde zich over de afstand, meer dan zes of zeven biertjes kon hij toch niet gehad hebben, slalomde langs twee tijdgenoten, sloeg linksaf, in godsnaam niet *bezet*, zijn gezicht voelde wit en slap en een wee gevoel beheerste het gebied tussen zijn keel en zijn maag. Hij bevond zich alleen in de kleine toiletruimte. Als hij nu heel sterk aan frisse dingen dacht, metershoge golven, koude orkanen, glazen winternachten, dan viel het misschien tegen te houden. Waarom wilde hij dan niet, waarom was hij niet bereid tot overgave? Ach, die metaforen waren zo juist, zo wáár zou Matthias zeggen, hij stond met zijn rug tegen de kille tegels en haalde adem, nee, nee, het hoefde niet, hij moest zich beheersen, het zit in je hoofd, dacht hij, de meeste dingen zitten in je hoofd, volgens August, en als je heilig bent hoef je nooit meer misselijk te zijn, als je geen karakter meer hebt kun je niet kotsen, duizend gulden om niet te kotsen, een koninkrijk, vijf seconden in, vijf seconden uit, een kwestie van wil, helder, koud, koel, fris, ijs, ijswater, sommige mensen doen het met het grootste gemak, eskimo, ijsschots, onderkoeling, waterval, blote voeten, trek je schoenen uit, maar dan moet je bukken, dat red je nooit, blijf in het heden zegt Andrea, dat zal wel een wijze les zijn, wat zeurt een mens toch altijd, als zijn lichaam maar in orde is, alle andere problemen zijn triviaal, trek je schoenen uit, denk aan die heerlijke stenen kou die van je voetzolen via je ruggegraat naar je hoofd trekt, nee, niet bewegen, het komt, het komt niet, het mag niet, alleen maar gezond zijn, wie maalt er om liefde? Zweet bedekte zijn voorhoofd en de witte toiletpot kwam dichterbij, hij was wit, er was niets aan de hand (niets aan de hand?), en de zekerheid dat het binnen een paar seconden zou gebeuren, iemand trok zijn lichaam samen en opende voor hem zijn mond, zijn keel werd dik als een spierbundel en zijn maaginhoud spetterde onder hem weg, scherp en zuur, dat had allemaal in zijn lichaam gezeten, en hij haalde adem en boog zich opnieuw, zijn knokkels wit om de rand van de pot, er werd gekotst, lieve Here Jezus hij stopte met dat drinken, hij had niet eens tijd om ervan te genieten. Hij spuugde een paar maal wat speeksel in de toiletpot en hij hoorde nu Schless' stem die vroeg hoe het met hem ging. 'Slecht,' riep hij, 'of misschien alweer beter.' Hij veegde het zweet van zijn gezicht, kwam half overeind om bij het touw te kunnen en trok door, een overvloedige hoeveelheid koud water, en in die leidingen zat nog veel meer, zoveel als hij wilde, hoe kon water zo goedkoop zijn? Er ging niets boven een lichaam dat zich goed gedroeg. 'Ik kom zo', riep hij naar Schless, de kleine donkere vriend die zwijgend achter de gesloten wc-deur moest staan, of was hij al weg? Waarom bleef niemand ooit op zijn plek?

Hij liep langs een verzameling vuilniszakken en roestige verfblikken naar de binnenplaats en bekeek de groeiende feestvreugde van buitenaf. Er waren al meer mensen gekomen; ze stonden in groepjes bijeen, en hij zag hen lachen en elkaar iets uitleggen, hun stemmen verzwakt tot een dof gemompel. Het waren zijn leeftijdgenoten, maar hij kon niet geloven dat ze op hem leken, ze hadden geen ervaringen gehad zoals hij en ze dachten nooit aan hun onvermogen om de voorlopigheid te overwinnen; misschien hadden ze er helemaal geen last van en was hij de enige lijder aan deze slepende kwaal.

Hij liep door de brede gang naar buiten, pakte zijn fiets en reed naar huis. De fietstocht deed de helderheid in zijn hoofd terugkeren, en hij poetste zijn tanden grondig, uit angst voor een zure adem; hij wilde Leontine alleen in topvorm onder ogen komen. Terwijl hij in de spiegel keek hield hij zijn polsen langdurig onder het stromende water: zijn haar zat plat en zwart en smakeloos op zijn hoofd, zijn wangen waren bleek en zijn ogen stonden aarzelend en vaal in hun kassen, alsof ze zich liever ergens anders zouden bevinden – dit was geen gezicht om verliefd op te worden. Was hij maar geestig, zoals Rolf, die trouwens ook kleiner was dan hij, dat had iets grappigs, het kleine was afgerond, het had vorm en structuur, het dwong tot aandacht. Waar zou Leontine eigenlijk verliefd op moeten worden? Zou ze van hem houden omdat hij tot voorbij de helft van *Ulysses* was gekomen? Was hij soms snel van begrip? Hij was vijfentwintig jaar oud, hij was met maar drie verschillende meisjes naar bed geweest, misschien dertig of veertig keer in totaal en met matig succes, hij had nooit in het buitenland gewoond, hij was niet door de Kalahariwoestijn gefietst en hij had de noordwand van geen enkele moeilijke berg beklommen – het was niet veel wat daar voor de spiegel stond. Verder was hij natuurlijk een ontaarde zoon: de laatste brief aan zijn moeder dateerde al van een kwartaal geleden.

Na het dichtdraaien van de kraan kneep hij zijn ogen stijf dicht. Ik ben die ik ben, dacht hij koppig, dat moet maar genoeg zijn, en de verlichting op de sociëteit is gelukkig slecht.

Terug in zijn kamer deed hij alle lampen uit. Hij keek naar de duisternis van het grasveld en de bomen, die maar net iets donkerder waren dan de lucht erachter. Op het parkeerterrein brandden de koplampen van een geparkeerde auto, een huisdier dat tevergeefs wachtte op de terugkeer van zijn baas.

Thomas stelde zich het feest voor, nauwelijks twee kilometer verderop in volle gang. Leontine was inmiddels gearriveerd, bij de ingang geïntroduceerd door haar broer. Ze had een duik in de menigte genomen en zocht nu tussen al die onbekende gezichten naar Thomas, voor wie ze eigenlijk gekomen was; het speet haar dan ook zijn stevige, vertrouwde gestalte nergens te ontdekken. Duizelig van het lawaai betrad ze de binnenplaats en luisterde naar de muziek, een verwarrend mengsel van hysterische falsetgeluiden en ongedifferentieerd gedreun, waarin een absente, vrouwelijke hoofdpersoon het door woest getrommel begeleide verzoek kreeg om de nacht met de kennelijk toch niet gecastreerde zanger door te brengen.

Zou Thomas naar de binnenplaats komen als hij was gearriveerd? Op het strand had ze zijn blikken op haar lichaam voelen branden. Viktor zei dat Thomas een 'verbalist' was, maar daar had ze weinig van gemerkt. Eigenlijk had hij tijdens die twee ontmoetingen bijna niets gezegd, maar toch was ze zich voortdurend bewust geweest van zijn aanwezigheid, alsof ze hem pas voor het eerst zag. Maar de eerste keer, dat was toen ze bloemen voor Viktor had meegebracht, en toen al had Thomas (of was dat een constructie van haar verbeelding) met ongewone intensiteit naar haar gekeken, alsof die vreemde, geurige fresia's haar uit de wanordelijke anonimiteit van de studentenwereld hadden getild en zij van nu af aan een rol in zijn bestaan zou spelen. Als ze terugdacht aan die weidse, door haar onhandigheid vertraagde beweging van haar voet moest ze in stilte lachen, en misschien had hij wel heimelijk genoten van deze eerste, sublieme aanraking die het met blauwe plekken gemarkeerde begin was van de versmelting van hun harten.

Thomas deed zijn knellende horloge af en ging op zijn bed liggen. De sterfdag van de verbeelding, dacht hij, is ook de sterfdag van de werkelijkheid.

Hij had het koud, en zijn hartslag was versneld, zoals altijd wanneer hij zonder dekens over zich heen in slaap was gevallen. Hij knipte het bedlampje aan en keek op de wekker, in de boekenkast aan het hoofdeinde van zijn bed. Halftwaalf, het was nog vroeg genoeg – maar toen drong het tot hem door dat het apparaat tot rust was gekomen.

Hij ging naast zijn bed staan. Zijn hoofd was leeg als een

nachtelijk perron, en er steeg een zwartheid naar zijn ogen die zich weer snel en discreet terugtrok. Hij drukte op het knopje dat zich boven op de trapeziumvormige bureaulamp bevond. Zijn horloge vertoonde met sardonische precisie de tijd: 2 uur, 15 minuten en 29 seconden. Waarom was hij in slaap gevallen? Van schrik was hij nu klaarwakker; als hij zich haastte was ze er misschien nog, het Laatste Feest hield immers nooit vroeg op.

Hij zocht naar zijn schoenen, maar die had hij al aan. Was hij wel voorbereid op een ontmoeting? De slaap had de onderwerpen die hij had willen aansnijden weggevreten, er was zelfs geen kruimel achtergebleven. Hij merkte hoe zijn geest excuses verzon om te verhinderen dat het lichaam zich per fiets naar de sociëteit zou begeven: 'Het is minstens zo erg om te laat op een feest te arriveren als te vroeg', 'Als je haar zo nodig wilt zien moet je bij haar langsgaan', 'Je moet je schoenen nog poetsen' en dergelijke.

Toen hij zich had uitgekleed en weer in bed was gekropen, leek het alsof hij zijn moeder vanuit München hoorde fluisteren, met zachte, begrijpende en tevens bestraffende woorden die in het vacuüm van denderende vrachtwagens langs Stuttgart, Mannheim, Wiesbaden, Bonn, Keulen, Nijmegen en Arnhem waren meegezogen: 'Thomas, ben je niet een beetje *neurotisch?*'

10

Juist toen Thomas had besloten om zijn moeder een brief te schrijven verscheen er van onder de luifel aan de overkant een meisje met een boek onder haar arm, gekleed in een pijnlijk witte blouse en een korte, lichtrode rok die ruim boven haar knieën ophield. Ze liep tussen groepjes lezende en pratende studenten door naar een plek die ver van de anderen verwijderd was, slechts door de woordenboeken in de vensterbank aan Thomas' hongerige blikken onttrokken. Het was nogal ordinair om naar buiten te gaan en alleen omdat hij haar benen van nabij wilde zien kennis met haar te maken, maar als hij hier bleef was de afstand tussen zijn ogen en dat hoogstwaarschijnlijk voorbeeldige lichaam onoverbrugbaar groot.

Hij drukte zijn voorhoofd tegen het raam. Ze lag op haar buik te lezen, haar benen languit in het gras, haar rok licht om haar billen gevleid. De bladzijden van haar boek waren zo wit dat het leek alsof er een kleine, felle lamp in het gras stond te branden. Zijn ogen streelden de bal van haar voeten, golfden over de hielen, gleden langs de achillespezen omhoog en bestegen traag de kuiten, om na het tussenspel van de knieholtes bijna plechtig over de gebronsde hoogvlaktes van de dijen te trekken, en hij herhaalde deze hele manoeuvre vijf, zes, vele malen achtereen.

Omdat hij steeds minder kon zien veegde hij met zijn zakdoek de gecondenseerde adem van de ruit. Het meisje lag er ontspannen bij, en het zag ernaar uit dat ze daar nog uren zou liggen. Ze sloeg maar zelden een pagina om: het was een moeilijk boek, ze had geen zin, ze verlangde naar avontuur, kwam er maar een onbekende jongeman langs, het liefst een letterkundige, iemand met een gecompliceerd gevoelsleven, iemand die de vervelende rust van haar dagen definitief verstoorde – maar er gebeurde nooit iets op dinsdagmiddagen laat in de lente, hier woonden alleen droogstoppels die zich verdiepten in distributieve nevenschikkingen en het grammatisch getal.

Thomas maakte zich los van het raam en ging languit op bed liggen. Als hij ooit aan zijn brief wilde toekomen werd het tijd voor de beproefde methode om rustig te worden – maar hij ontdekte vrijwel meteen dat zijn opwinding daarvoor niet groot genoeg was. Zinnelijkheid, dacht hij, niets dan de geur van absolute vrijheid, een blik in de onafzienbare ruimte van het mogelijke, en uiteindelijk, uiteindelijk ontsteeg het seksuele aan het bereik van het seksuele: zulke paradoxen schoten je niet zomaar te binnen als je naar de dijen van een mooie vrouw keek, ze waren niet zonder betekenis. Achter de onlesbare dorst van de zinnen ging natuurlijk een andere, veel diepere drang schuil, de hartstocht voor het onbereikbare, en achter die hartstocht verborgen zich weer andere dingen, het licht dat 's avonds de bomen doordrenkte en de schaduw van een zweefvliegtuig en eigenlijk alles wat niet genoemd kon worden – het spel van de onzichtbaarheid, waarvan je de regels soms volledig vergat.

De kap maakte een vertrouwd, hol geluid toen hij van de oude draagbare schrijfmachine genomen werd. Thomas voelde weer de vreugde die hij als kind had ervaren bij het typen van zijn allereerste briefje, de verrukking bij de aanblik van die keurige letters die helemaal van hem waren maar tevens de juiste afstand tot hem bewaarden, zodat het leek alsof hij toegang had gekregen tot de planeet der volwassenen. Hij plaatste zijn handen aan weerszijden van het apparaat en staarde naar de kleine metalen boog, de gesloten erepoort waar de letters nooit onderdoor zouden gaan. Hoe moest hij zichzelf tot rust brengen? Hij kon zijn ademhalingen tellen, of mediteren op een voorwerp, deze pennedop bijvoorbeeld, al zijn krachten richten op dit blauwe plastic fenomeen. Hij begon zich voor te stellen dat het uit atomen bestond, met spookachtige elektronen die niet werkelijk bestonden maar eigenlijk waarschijnlijkheidsgolven waren – het raadsel binnen handbereik. De beste foto's van de werkelijkheid kwamen uit een nevelkamer.

Volgens zijn horloge was het drie uur. Hij wond zijn wekker op, en het apparaat begon weer te tikken, eerst onwennig, daarna met roerende ijver. Wat betekende zijn onrust? Het meisje lag in dezelfde houding de brandende bladzijden te lezen, maar net toen hij naar zijn bureau wilde terugkeren zag Thomas dat haar linkervoet in beweging kwam en net zo lang bewoog tot haar kuit bijna tegen haar hete dij rustte; na een paar seconden begon haar voet te schommelen, naderde vervolgens snel het gras maar werd weer teruggeroepen tot recht boven de knie – het boek boeide haar niet, het was een warme, lome middag en ze verveelde zich... Met haar de liefde bedrijven tussen de ongelezen zaterdagbijlagen, half onder het bureau, in het zicht van de schoenen onder zijn bed, in de kamer die tot op het door sigaretterook vergeelde behang verzadigd was van zijn machteloze fantasieën – te mooi, te heerlijk!

Hij draaide een vel papier in zijn Olivetti en begon te tikken:

Lieve mama;

Puntkomma? Wat maakte dat plotseling een merkwaardige indruk, zo officieel! Er ging een dreigende wijdlopigheid van uit, hoewel hij nog steeds geen idee had waarover hij haar zou schrijven. Wel stond het vast dat er geschreven moest worden, als tegenprestatie voor het riante bedrag dat zij maandelijks door haar nieuwe echtgenoot liet overmaken. Hij boog ver voorover, zodat de rand van zijn bureau onaangenaam in zijn maag drukte; ze lag er, haar hoofd rustte op het boek – ze sliep, haar aanwezigheid werd intenser omdat zij sliep, haar lichaam was het epicentrum van schokgolven kracht, tederheid en bereidheid, ze wachtte tot de oppervlakte van deze doodstille middag werd beroerd door een ontmoeting, een gesprek, een signaal van het toeval.

Er werd gebeld. Schless leunde tegen de reling van het trappenhuis, terwijl hij met zijn vingers in een ongeduldig ritme tegen het galmende metaal tikte. 'De patiënt is beter', zei hij. 'Hij heeft wat gemist gisteravond.'

'Misschien', zei Thomas.

'Misschien', herhaalde Schless lachend. 'Wat ben je aan het doen?'

'Ik schrijf een brief aan mijn moeder', zei Thomas. Hij moest de woorden omhoogsjorren, zozeer haatten ze het daglicht.

Schless liep langs Thomas naar binnen, ging achter het bureau zitten en las de aanhef van de brief. Hij draaide het papier drie droge tikken omhoog en begon te typen, terwijl Thomas over zijn rug meelas:

> Er is iets vreemds met mij aan de hand. Steeds als ik ziek word gaat er iets plezierigs gebeuren, of misschien moet ik zeggen dat het andersom is, hetgeen mij zo langzamerhand aanleiding geeft om te veronderstellen dat ik op de loop ben voor de feiten. Wat zijn de feiten? Moedertje, als ik die bange vraag kon beantwoorden zat ik hier niet, dan lag ik ergens in het gras naast een roodharig meisje met prachtige ogen en slanke handen

dat op feesten waar ik zelf niet ben naar mij informeert, een jonge, charmante vrouw die mij al dagen niet heeft gezien en die moederziel verlaten door een oerwoud vol geslachtsrijpe jongemannen dwaalt. Maman, wat is er misgegaan tijdens mijn inwerkperiode als zuigeling? Waarom ben ik zo besluiteloos? Is het de voorzichtigheid van mijn anima? Zijn het adleriaanse minderwaardigheidsgevoelens? Word ik gedreven door een drang tot zelfkwelling? Helaas, moedertje, er zijn geen camera's waarmee je in mijn ziel kunt kijken, maar mijn vrienden slaan mij met enig ongeduld gade, want het valt niet mee om je bloedbroeder als beschonken tegen een stroom van goede gelegenheden te zien in zwemmen.

Schless nam een sigaret uit Thomas' pakje en keek hem grijnzend aan. 'En nu? Wat ga je nu doen?'

'Hoe bedoel je?' vroeg Thomas met een onnozelheid die hem zelf al niet overtuigde. En omdat Schless bleef zwijgen vervolgde hij: 'Alles op zijn tijd. Ik opereer op mijn manier'.

'Dat hebben we gezien', zei Schless.

'Ik weet het niet,' zei Thomas, die zich koortsachtig afvroeg of hij zijn vriend iets over August, de lezing en de bijeenkomst in de loods zou vertellen, 'ik moet het moment bepalen.'

'Je bent gek', zei Schless.

Hij stond op en keek uit het raam. Thomas zag hem even over de woordenboeken heen kijken, maar niets aan Schless' lichaamshouding verried dat ook hij het meisje met de benen had gezien. Schless draaide zich om en raapte met fronsende wenkbrauwen *Het diadeem van wijsheid* van de grond. Hij bekeek het heel kort en zei: 'Er zijn grenzen aan mijn onredelijkheid. Je begint toch niet religieus te worden? Je gedraagt je zo vreemd de laatste tijd. Je bent toch niet rijp voor de een of andere fundamentele ommekeer?' Hij keek Thomas onderzoekend aan, en ze bestudeerden elkaars gezicht op een ongebruikelijk intensieve manier.

'Nee,' zei Thomas, 'waarom zeg je zoiets?'

'Je leest het zo vaak,' zei Schless, 'ouder wordende intellectuelen die altijd scherpzinnige mensenkenners en dus nihilisten zijn geweest komen tot bezinning, en bevend keren ze terug naar het altaar. Ze verraden dat kostelijke atheïsme en plotseling lijken ze, hoe zal ik het zeggen, plotseling lijken ze op hongerende hondjes naast de tafel der goden. Thomas, je bent nog veel te jong, je moet alleen in je lichaam geloven. Je kunt je altijd nog in een klooster terugtrekken en ergens in een grafkelder Eckhart gaan zitten lezen.' Schless stak zijn wijsvinger omhoog en riep: 'Wenn du Ihn suchst, wirst du Ihn nirgendwo finden.' En hij besloot: 'Er zijn al te veel heldere, illusieloze geesten ten onder gegaan aan een groots idee.'

'Waar heb ik deze kunstzinnige toespraak aan verdiend?' vroeg Thomas. 'Waarom zeg je dit allemaal tegen mij?'

'Je hebt iets meegemaakt,' zei Schless, 'maar ik weet niet wat. Is er een andere man? Je moet het me vertellen. Gisteren op het terras zei je niets, je was na drie biertjes misselijk en je ging weg zonder te groeten. Wat is er aan de hand?'

'Je hebt een banale visie op religie', zei Thomas. 'Religie is de mooiste klap in het gezicht van het toeval.'

'Daar was ik al bang voor,' zei Schless met het gezicht van een bezorgde verpleger, 'God hebbe zijn wanhopige ziel.'

'Op jouw hoogst originele manier', zei Thomas, 'ben je bekrompen. We hadden inderdaad afgesproken dat we niets zouden geloven, weet je nog, we waren de apostelen van het niets, maar ook dat heeft weer iets kinderachtigs, iets van een geloof. Zodra je je er druk over gaat maken ben je op de verkeerde weg. Er moet een sprong gemaakt worden. Het agnosticisme is volgens mij alleen maar een compromis. Het is een parkeerterrein op zondag: eindelijk is er plaats, maar alle winkels zijn dicht.'

'Ik ben momenteel erg, erg eenzaam', zei Schless.

'En op een dag', vervolgde Thomas, 'heb je alles verbrand, gesloopt, opgeborgen, weggeredeneerd, vergruizeld, verscheurd, vermalen, verpletterd en plat gestampt, en je ziel lijkt op een lege veilinghal. Nee jongeman, de vlag van het relativisme wordt gestreken. Het tijdperk van de scepsis is voorbij.'

'Onzin', zei Schless. 'Scepsis is een synoniem voor intelligentie.'

'Scepsis is een synoniem voor angst', zei Thomas.

Schless blies wat rook tussen hen in, en een moment later zaten ze te lachen. Thomas dacht aan al die avonden die ze discussiërend over de liefde en de oneindigheid hadden doorgebracht, aan Schless' vroegere zolderkamer die uitzag op de besneeuwde stilte van de daken, aan de geacteerde vermoeidheid waarmee Schless kon zeggen 'ach, je bent ook zo'n dromer', aan de schuwe katten in de donkere gangen van het huis, het eigendom van de dikke, dove hospita van wie ze niet meer hoorden dan het kraken van de trap. Hun ernst van zoëven was jeugdig en mateloos en belachelijk geweest.

Schless vroeg: 'Denk je nog weleens aan vroeger?'

'Nee,' zei Thomas, 'nee.'

'Aan de tijd', vervolgde Schless, 'dat we ons op mijn Haagse zolderkamer afvroegen of er objecten konden bestaan als de tijd ondeelbaar was, en dat soort dingen?'

'Nou ja,' zei Thomas, 'af en toe. Het was een heerlijke tijd, geloof ik.'

'En jij zat maar te piekeren over het feit dat je nooit met

een meisje naar bed was geweest', zei Schless. 'Met zulke zaken waren we toen in de weer.'

'En jij geloofde in reïncarnatie,' zei Thomas, 'weet je dat nog?'

'Een onbegrijpelijke smet op het blazoen van mijn nuchterheid', zei Schless. 'Ik vond die gedachte zeker charmant: terugkeren om met nog veel meer vrouwen naar bed te gaan' – hij trok de asbak naar zich toe – 'en terugkeren', ging hij voort, 'om de onsmeltbare sneeuwpop uit te vinden of een tanker op de klippen te sturen of violist in een regionaal orkest te zijn.'

Het zonlicht werd zachter en roder, en het licht tekende duizenden ragfijne schaduwen op de bakstenen muren aan de overkant. Schless haalde vijf of zes nieuwe flesjes uit kratten die nooit leeg konden raken, en ze luisterden naar een studente die in de hal doordringend stond te telefoneren; ze weidde uit over de koppigheid van ene Oskar die ze sympathieker begonnen te vinden naarmate het verhaal vorderde: hij kwam nooit op tijd, hij luisterde slecht en hij had een hekel aan gezelligheid. 'Op een dag,' zei de stem, 'zal ik Oskar met de *feiten* moeten confronteren.'

Schless zocht op de radio naar klassieke muziek, en flarden van stemmen, ruw onderbroken koorgezang en buitenaardse motorgeluiden regen zich aaneen tot een eenmalig uitgevoerde en partituurloze compositie. Toen ze de eerste symfonie van Mahler herkenden liet Schless de keuzeknop met rust. Thomas lag languit op zijn bed en voelde hoe een welbehagen zich door zijn lichaam verspreidde – hij was Deucalion op zijn ark, drijvend in een oceaan van rozenwater. De stem op de gang zakte weg onder de oppervlakte van zijn aandacht, en hij hoorde optrekkende stadsbussen, een naderende en wegstervende sirene, meisjesstemmen op het gras; ooit zouden ze begrijpen welke schim voor hen uit bewoog, en alles zou zinderen van betekenis en samenhang. Het bestaat, dacht hij, zo moeilijk is dat niet te begrijpen, het is er altijd al geweest.

Hij ging weer voor het raam staan en drukte, gadegeslagen door Schless, zijn neus tegen de ruit. Het meisje was verdwenen, maar het boek lag er nog, in de steek gelaten.

11

Na het avondeten probeerde Thomas zich te vermaken met een bloemlezing buitenlandse poëzie ('De afwezigheid heeft een dochter, Die genaamd is het verlangen', 'De grote man van het dorp, Monoko, Hij is er niet'). Een uur lang las hij met geforceerde ijver de overpeinzingen van Borneose dajaks, Poolse intellectuelen en Noorse zwartkijkers, en uit de kosmopolitische wanorde van al die lettergrepen trachtte hij een intens gevoel te destilleren. Tevergeefs: hij moest niet hier zijn, maar ergens anders, om precies te zijn een kilometer verderop, in een huurkamer bewoond door een jonge vrouw die misschien op ditzelfde moment aan hem dacht. Hij stroopte zijn broekspijp op en liefkoosde zijn bloeduitstorting, paarse en donkergele tinten, afgezet met zachtgroene overgangsgebieden. Als hij op de huid drukte voelde hij nog pijn.

Voor de spiegel in de badkamer poetste hij tweemaal zijn tanden met de zorgvuldigheid van een landmeter en drong hij met een wattenstaafje tot diep in zijn gehoorgang door, en daarna ging hij de deur uit. Hij liep door het kleine park achter de flats en langs het zusterhuis, in de richting van de honderdduizenden klinkers van de Rhijnsburgerweg. Zodra hij de dichte heg om de tuin van Leontines buren voorbij was, stapte een lange magere vrouw uit een oude Peugeot die tussen twee andere auto's klem stond geparkeerd; dunne straaltjes zweet kwamen onder haar witte haar vandaan, en de glimlach waarmee ze Thomas benaderde kon niet de enorme woede uitwissen die ze de laatste, met mislukte pogingen tot uitparkeren gevulde minuten, had opgebouwd.

'Jongeman,' riep ze hem op gejaagde toon toe, 'kun je autorijden?'

Thomas begreep terstond wat de vrouw van hem wilde, en hij begreep ook dat hij haar verzoek niet zou kunnen negeren. 'Ik help wel even', zei hij. Hij nam plaats achter het stuur van haar voertuig en manoevreerde het met een grote krachtsinspanning uit zijn schuilplaats. De vrouw, die met een van ergernis vertrokken gezicht had staan toekijken, werd plotseling onherkenbaar door haar opgeluchte lach. Toen Thomas naast de stationair draaiende auto stond, vroeg ze of hij hem ergens wilde parkeren, dan zette zij alvast een kopje thee, ze had geen zin meer om weg te gaan. Ze wachtte niet op zijn antwoord en draaide zich om. Thomas betreurde het dat hij haar uitnodiging niet had afgeslagen, totdat hij haar het tuinhekje van Leontines huis zag openen. Eindelijk zat het hem mee: haar hospita!

Hij zette de wagen aan de overkant neer en liep naar de voordeur. Op de deurpost zag hij een getypt briefje: 'Leontine, 1 x bellen'. Boven het briefje bevond zich een ouderwets houten naambord: 'J. Prins'. Thomas was er om de een of andere reden van overtuigd dat het gebouw niet meer door de heer Prins werd bewoond; hij was doodgegaan of op een andere manier voor altijd afgereisd.

Het interieur beantwoordde nauwkeurig aan zijn verwachtingen: donkere eikehouten tafel, donkere eikehouten servieskast, donker eikehouten dressoir – een voorwereldlijke meubelgrot waaruit het laatste licht reeds lang geleden was vertrokken. De vrouw riep vanuit de keuken dat hij kon gaan zitten. Ze zou natuurlijk de kamer betreden met een zilveren dienblad, kopjes van blauw aardewerk en een schoteltje suikerklontjes. Hij ontdekte de marmeren asbak die de heer Prins van zijn vader moest hebben geërfd, brandschoon en zo te zien jaren niet gebruikt. De vermoedelijke ouders van de voormalige huiseigenaar keken vanuit een ovalen lijst op het dressoir afwerend naar het fototoestel waarmee ze tijdens een onafzienbare zondagmiddag omstreeks de eeuwwisseling waren vastgelegd. Thomas liep naar de foto: de weerzin waarmee ze zich aan hun vereeuwiging hadden blootgesteld was na acht decennia nog onverminderd voelbaar. De ruimte van de foto was te benauwd voor hen, ze waren erin opgesloten; de man had genoeg van de christelijke zwaartillendheid en het eikehouten plichtsbesef van zijn echtgenote, die op haar beurt een hekel had gekregen aan zijn lichtzinnige cynisme, zijn behoefte aan bewondering en aan het gouden horloge dat op zijn dikker wordende buik hing. De foto was verbazingwekkend scherp, en Thomas kon zien dat de opname om vijf over twee was gemaakt. Vijf over twee: het feit dat het precieze tijdstip was geregistreerd vervulde hem met een moeilijk te begrijpen genot, alsof de onbereikbaarheid van het verleden en de helderheid van het beeld geen conflicten hoefden uit te vechten, maar elkaar de hand reikten.

Toen mevrouw Prins met twee bekers thee de kamer betrad, voelde Thomas zich allang op zijn gemak; de rijke historie van leed, wantrouwen, verzwegen gevoelens en nooit meer vertelbare verhalen die uit deze foto sprak had hem zelfs in een lichte roes gebracht. Er waren altijd mensen geweest, ze waren zelden gelukkig, ze dwaalden door een nevel van vage verlokkingen en schimmige betekenissen en ze gingen maar weer eens dood: een geruststellende, troostrijke continuïteit.

'Ik meende je van gezicht te kennen,' zei mevrouw Prins (haar stem was hoog afgesteld, maar niet van nervositeit), 'anders zou ik je niet binnen hebben gevraagd, maar bij nader inzien weet ik het niet meer. Het maakt trouwens niet uit. Studeer je?'

'Met tegenzin', zei Thomas. 'Ik doe eigenlijk maar wat. Ik

zou ook iets anders hebben kunnen studeren. Ik geloof dat beperkingen...'

'Mijn man', zei mevrouw Prins, 'had een hekel aan studenten, maar dat was uit jaloezie. Zijn jongere broer heeft gestudeerd, maar hijzelf heeft altijd gewerkt. Zelfs toen hij rijk was geworden liet die rancune hem niet met rust. Maar ik bedoel natuurlijk niet dat je dankbaar zou moeten zijn. Voor wie zou dat moeten? Wie kan je tot iets verplichten?'

Ze babbelden een tijdje. Mevrouw Prins was een jaar of zestig; haar ogen hadden de heldere, intelligente en rusteloze blik van gevluchte kroonprinsessen uit televisieseries. Toen hij er dank zij een behoorlijke krachtsinspanning in was geslaagd zijn naam te noemen begon mevrouw Prins te lachen. 'Ik ken die naam, ik heb hem deze week gehoord. Ja,' ze stak haar wijsvinger bij wijze van eureka-gebaar in de lucht, 'Leontine heeft jou een bult op je scheen getrapt.'

'Vertelt ze zulke dingen?' vroeg Thomas verheugd. 'Bent u familie van haar?'

'We zijn vriendinnen geworden', zei mevrouw Prins, en het leek alsof haar stem enige trots verried. 'Bent u haar vaste vriend?'

Thomas schoof naar het puntje van zijn eikehouten stoel. 'Heeft ze dat gezegd?'

'Nee,' zei mevrouw Prins, 'ik zei maar wat.'

Thomas ontspande zich weer. 'Daar houd ik wel van', zei hij. 'Waarom zou alles in een kader moeten passen? Er gebeuren allerlei dingen' – hij haalde zijn sigaretten te voorschijn – 'zonder reden. En wat is de betekenis van het toeval? Nu zit ik plotseling hier, en dat zou ik vanmorgen nooit hebben kunnen denken. Ons leven is het resultaat van willekeurige ontmoetingen, boeken uit de bibliotheek van je vrienden en studies die je vader op prijs stelt, en die hele wanorde proberen wij vervolgens in een structuur te wringen, in een overigens uitzichtloze poging om de contingentie te lijf te gaan – maar fundamenteel is nu juist die wanorde, denkt u niet?' Thomas wees naar het dressoir: 'Ik zat net naar die foto te kijken...'

'Mijn grootouders', zei mevrouw Prins. 'Ze zijn op ongeveer negentigjarige leeftijd kort na elkaar overleden, na een huwelijk van zeventig jaar. Ze zijn volgens mij geen dag eenzaam geweest, in tegenstelling tot de rest van de mensheid. Trouwens, als je wilt roken, ga dan gerust je gang.'

'Ja,' zei Thomas, 'dank u wel.' Hij was vergeten wat hij wilde beweren, en ongetwijfeld maakte dat allemaal niets uit. Hij zette de zware asbak dichterbij en schaamde zich voor zijn gekunsteldheid. *Contingentie!* De feiten, dacht hij, de feiten: stuifmeelkorrels, gordijnen, autobumpers, windhanen, bekers kamillethee – zijn morbide getheoretiseer berustte op een afkeer van het toevallige en het betekenisloze. Hij was veel religieuzer dan hij dacht: hij snakte naar vormgeving en structuur, hij was verslingerd aan orde, hij was een godvergeten slappeling die niet tegen wanorde kon.

'Het is lang geleden dat hier een man heeft zitten roken', zei mevrouw Prins, terwijl ze Thomas zorgvuldig bekeek. 'Ik vind iemand die rookt heel gezellig. Rook heeft iets mannelijks, vind je niet? Rook is zo geruststellend. Ik zit overigens je tijd te verprutsen, je bent natuurlijk gekomen voor Leontine. Maar helaas, jongeman, ze is een paar dagen naar haar ouders.'

Diem perdidi, dacht Thomas. Hij zat hier met een vrouw van zestig jaar oud en niet met een twintigjarig meisje, en het eikehout zag er zielloos uit nu Leontine het niet met haar nabijheid doordrenkte.

'We nemen nog wat thee', zei mevrouw Prins. 'A propos, ik heb zelden zo'n beleefd teleurgesteld gezicht gezien. Heb je trek in een stukje taart?'

'Alstublieft', zei Thomas. 'Het spijt me, maar ik heb haar al een tijdje niet gezien.' Hij voelde de behoefte om zijn hart te luchten bij deze vrouw: ze had er precies de goede leeftijd voor en ze was heel verstandig, ze trok zich tenminste niets aan van zijn geklets.

'Het is niet erg,' zei mevrouw Prins voordat ze naar de keuken verdween, 'hier valt heel weinig aan te begrijpen.'

Hij zou eigenlijk een paar dagen moeten zwijgen, als geestelijk-sanitaire maatregel: rust! In het troebele water van je onrustige ziel kon je je spiegelbeeld en daarmee de waarheid niet zien, zoals scherpzinnige anachoreten reeds lang geleden hadden opgemerkt. Waarom was de eenvoud hem niet gegeven? Als zijn behoeften niet gecompliceerder waren dan die van andere mensen, waarom waren zijn middelen om ze te bevredigen dat dan wel? Of was het een illusie te denken dat het leven van de mensen in zijn omgeving minder omslachtig was? Was er maar iemand die de opengewerkte tekening van zijn ziel kon overzien zonder meteen een hekel aan hem te krijgen!

Na een tijdje drong het tot Thomas door dat mevrouw Prins nogal lang wegbleef; ze was thee aan het inschenken en ze sneed stukken taart af, maar dat hoefde niet langer dan een paar minuten te duren. Hij liep de gang door naar de keuken, waar hij twee bekers dampende thee en een kartonnen doos met slagroomtaart aantrof: ze zat natuurlijk op het toilet. Hij riep door de gang dat hij de thee vast mee naar binnen nam, maar er kwam geen antwoord. Als het toilet niet bezet was, kon hij zelf wel even gaan. Hij drukte de klink omlaag, maar hij kreeg geen beweging in de deur. Hij schaamde zich voor zijn gedrag, want waarom zou ze hem vanaf het toilet antwoord hebben gegeven? 'Neem me niet kwalijk, mevrouw Prins,' zei hij, 'ik dacht dat hij niet bezet was.'

Het bleef stil in huis. Thomas liep de huiskamer in en ging weer terug naar de toiletdeur. Het schijfje stond ondubbelzinnig op 'bezet'. Hij klopte zachtjes aan, schuchter als een vader die zijn boze dochter tot het verlaten van haar afgesloten kamer wil bewegen. 'Mevrouw Prins,' riep hij met ingehouden stem, 'gaat het goed met u?' (Wat zou hij belachelijk zijn als ze nu antwoord gaf.) 'Mevrouw Prins,' riep hij, 'geeft u alstublieft antwoord. Bent u niet lekker geworden?'

Vanuit de schemering van de kamer hoorde hij het tikken van een klok, en van ver weg drongen verkeersgeluiden tot hem door. Hij liep naar het dressoir om het portret te bekijken. Hij pakte het op, blies wat stof van het glas en ging bij het raam staan. De man stond nog naast de stoel van zijn vrouw, en ze keken allebei alsof ze alweer een uur langer hadden moeten wachten voordat de fotograaf eindelijk had afgedrukt. Er viel een melkachtig wit licht door het venster rechts op de foto, licht dat glom in de schoenen van de man en dat de rokplooien van de vrouw tot zwarte ravijnen uitgroef. Het horloge van de man wees dezelfde tijd aan; er was beweging geweest en toch was er algehele stilstand – dit was een foto die op een goede of een kwade dag alleen nog maar een stoel zou tonen, terwijl hetzelfde en steeds weer ander licht door het venster zou blijven vallen.

Hij dacht na: als hij nu niets deed, zou niemand iets doen – wat een hoogst eigenaardige gedachte! Hij kon een schroevedraaier gaan zoeken en de deur openen, maar hij zag op tegen de ontdekking die daarop zou volgen. Over vijf minuten wist hij zeker dat er iets gebeurd was, maar het kon ook zijn dat de redding dan te laat kwam, en in dat geval zou hij de rest van zijn dagen in wroeging moeten doorbrengen.

Hij liep naar het toilet en klopte drie- of viermaal hard op de deur. Hij voelde een holte in zijn buik en zijn knieën werden onzeker.

Hij vond het telefoontoestel pas na enig zoeken, maar de gids was nergens te bekennen. Als hij het inlichtingennummer belde zouden er minuten voorbijgaan. Naar de buren rennen? Ook dat kostte te veel tijd. Plotseling zag hij het stickertje met alarmnummers op de voorkant van de telefoon. Hij nam eerst de hoorn van de haak, maar hij besloot toch nog een laatste keer naar de toiletdeur te gaan, waar zijn benen hem als over een deinend scheepsdek heendroegen. Zijn hart bonkte alsof hij heel hard gelopen had. Hij merkte dat hij er moeite mee had om een keel op te zetten, maar hij werkte zich over de hindernis heen en schreeuwde: 'Mevrouw Prins!' Hij roffelde een paar maal op de deur, hij legde zijn oor tegen het hout en luisterde ingespannen. Hoorde hij haar zuchten, bijna buiten bewustzijn? Drong het geluid van haar reutelende ademhaling tot hem door? Door het bonken van zijn hart was het moeilijk om goed te luisteren; misschien had ze met haar laatste krachten iets gezegd, een teken gegeven, misschien had ze zelfs een geruststelling geuit, zoiets als 'ik raak wel vaker bewusteloos, het is niets bijzonders, ik kom zo'. Hij rukte opnieuw aan de deur en staarde naar het woord 'bezet'. Er was geen vergissing mogelijk: als hij nu niet handelend optrad was er iemand in gevaar, en misschien was het al te laat. Waarom was hij niet thuisgebleven? Hij rende naar de huiskamer, greep de hoorn en wachtte de kiestoon af, die verraderlijk lang op zich liet wachten. Hij drukte zijn wijsvinger in de 2, vervolgens in de 1, en herhaalde die volgorde driemaal. Hoe slim om lage nummers te nemen, dacht hij, stel je voor dat je moest wachten op een schijf die steeds moest terugkeren van al die afgelegen achten en negens.

'Wat is er aan de hand?' werd er geroepen.

Het was geen telefoonstem en hij legde de hoorn op de haak. Mevrouw Prins kwam binnen met een kleine doos.

'Gebaksvorkjes,' lichtte ze toe, 'ik had ze zolang niet gebruikt. Ze lagen helemaal op zolder, ik heb me een ongeluk gezocht. Maar wat hoorde ik voor geroep?'

Thomas zei niets en wachtte tot het bonzen van zijn hart verminderde; zijn stem slalomde om de woorden heen toen hij uitbracht: 'Het toilet was op slot, ik hoorde niets. Ik dacht dat er iets gebeurd was.' Zijn lichaam bewoog in het ritme van zijn snelle, krachtige hartslagen. Onder zijn oksels was het kletsnat.

Mevrouw Prins zette de doos vorkjes neer en begon hoog en gierend te lachen; het lachen nam haar lichaam in bezit en ze kwam pas na geruime tijd tot rust. 'Arme schat. Lieve jongen,' zei ze met een stem die nog werd aangedreven door de motor van haar plezier, 'het toilet is afgesloten wegens een lekkage. Ik ga altijd boven. Je dacht natuurlijk dat ik dood was. O, wat schattig! Je stond al het alarmnummer te bellen. Ach, ach, wat dom van mij. Het spijt me verschrikkelijk. Ben je heel erg geschrokken?' Thomas kreeg de indruk dat mevrouw Prins hem er maar al te graag van wilde overtuigen dat het haar allemaal speet, maar het hele geval scheen haar zo te amuseren dat haar vrolijkheid de overhand hield.

Ze namen weer plaats bij de eikehouten salontafel en dronken de lauw geworden thee uit. 'Ik had het moeten zeggen', zei mevrouw Prins, en ze verontschuldigde zich nog in verschillende andere bewoordingen. Thomas knikte maar en zei dat hij het begreep; terwijl hij langzaam tot rust kwam leek het of de angst van zoëven verhevigd terugkeerde, en hij slaagde er nauwelijks in de stukjes taart met zijn trillende vorkje naar zijn mond te brengen. Pas na verloop van tijd drong het tot hem door dat zijn hoofd nu eindelijk leeg was, een sensatie waar hij intens van zou hebben genoten als hij niet zo grenzeloos vermoeid zou zijn geweest.

12

Nieder mit aller Beruhigung!
RAOUL HAUSMANN

Het ziekenhuis waar Thomas vroeg in de avond heen werd gebracht, lag dicht bij een hertenkamp, in een bosrijk gedeelte van de stad. Vanaf zijn brancard herkende hij de ingang van het park, dat hij op zomeravonden in sportbroek doorkruiste.

Twee ziekenbroeders reden hem naar de ehbo-afdeling toe, op de voet gevolgd door Hessel, die tijdens de korte rit bij Thomas in de ambulance had gezeten. Vanuit een voor hem onzichtbare hoek verschenen twee verplegers die hem op een verrijdbaar bed neerlegden, en vervolgens kwam er een verpleegster van middelbare leeftijd met stijl grijs haar en een streng gezicht naast zijn bed staan.

'Hoe heet u?'

Hij inspecteerde de ehbo-ruimte. Buiten leefde iedereen door, en Hessel was op de gang gebleven.

Thomas haalde diep adem. 'Thomas Johannes Stein, korte ei, geboren 3 mei 1956.'

De verpleegster ging op een stoel naast zijn bed zitten en noteerde iets in een blocnote.

'Beroep?'

'Student.'

De verpleegster vertrok haar mond. 'Dat is geen beroep. Heeft u een ponsplaatje?'

'Nee,' zei Thomas, 'ik heb geen ponsplaatje.'

'Geen ponsplaatje?' zei de vrouw. 'Dat is heel vervelend,

dat moet dan gemaakt worden.'

'Ik begrijp', zei Thomas, 'dat het breken van benen aan regels gebonden is?' Hij bekeek zijn linker scheenbeen, waar afgezien van een vaag rood gebied niet veel aan te zien was.

'De foto's zullen wel uitwijzen of er iets gebroken is,' zei de vrouw bits, 'laten we niet op de zaken vooruitlopen.'

'U kiest uw werkwoorden nogal strategisch', zei Thomas.

'Ongetwijfeld. Bij welke maatschappij bent u verzekerd?'

'Ja,' zei Thomas, 'het was iets met "algemeen" of "nationaal", niet noodzakelijk die woorden, maar woorden met een vergelijkbare atmosfeer.' Hij probeerde serieus te klinken, maar het leek of iedere zin die in zijn hoofd opkwam een ironische bijklank had – alsof er momenteel iets te lachen viel.

De verpleegster stond zuchtend op en deelde mee dat zijn been straks van gips voorzien zou worden. 'Voor de goede orde,' zei Thomas, 'het gaat om mijn linkerbeen.'

Hij had doel getroffen; ze duwde zijn bed met ruwe bewegingen de gang op, langs de vragende blikken van Hessel weer een andere kamer in, alsof ze met die handeling wraak nam voor de onbetamelijke opmerking van zoëven. 'U moet maar vertrouwen in ons hebben,' zei ze, terwijl ze Thomas onder een fotoapparaat duwde, 'wij helpen hier duizenden mensen per jaar.'

Er kwam een verpleger aan Thomas' hoofdeinde staan, zijn handen op een definitieve manier in zijn zakken, alsof hij een pauze van een paar weken had. 'Hij heeft nog geen ponsplaatje,' zei de grijze verpleegster tegen hem, 'help me even onthouden dat dat zo wordt geregeld.' Ze stopte even voordat ze achter een scherm verdween en zei met een stem die in een oplossing van zuiver verwijt had liggen weken: 'Jullie maken grappen, want jullie zijn studenten, maar wij hebben dag in dag uit met de barre feiten te maken.'

De barre feiten, dacht Thomas schamper toen ze uit het

zicht was verdwenen, hoeveel grappen zouden we daar wel niet over kunnen verzinnen? En hij herinnerde zich een paar opmerkingen van de ter dood veroordeelden op zijn vaders afdeling: de angst had zich gematerialiseerd in wrange luchtigheden, bloeddoordrenkte woordspelingen, spilzieke, treurige humor waar Thomas zich over was blijven verbazen, alsof juist de helderheid waarmee ze hadden gesproken de situatie op een geraffineerde manier ondoorzichtig had gemaakt.

Nadat een arts zijn been vanaf de enkel tot halverwege de dij met nat gipsverband had omgeven en de snel droger wordende papperige massa vervolgens weer tot herkenbare vormen had bewerkt, werd Thomas een lift ingeduwd en een paar etages hoger door een glanzende gang naar een zaal met zes lege bedden gereden. Een vriendelijke, jonge verpleegster met inktzwart haar die zich als 'Sylvia' voorstelde, hielp hem met het aantrekken van de pyjama die Hessel in de gauwigheid nog had meegenomen. Ze vertelde dat hij een week zou moeten blijven en dan zou het gips worden vervangen door loopgips.

'Blijf nog even als je wilt', zei hij tegen Hessel toen ze alleen waren.

Hessel ging vaderlijk op de rand van Thomas' bed zitten, en hij zei: 'Het komt wel weer in orde.'

'Natuurlijk komt het in orde,' zei Thomas, 'waarom zou het niet in orde komen?'

'Daar is inderdaad geen enkele reden voor,' zei Hessel, 'het gaat eigenlijk nooit mis.'

Thomas keek naar de grote heuvel onder zijn deken, de plaats waar zijn buiten gebruik geraakte been zich op een half trapeziumvormige verhoging bevond. Hij had het gevoel dat de wereld nu al een paar meter was teruggetreden en hem van enige afstand gadesloeg.

'Over een paar weken loop je weer vrolijk rond', zei Hessel. 'Piekeren is trouwens nooit zinvol, je kunt je dan wel overal druk om gaan maken.'

'Niet zinvol?' zei Thomas. 'Je denkt als een econoom, maar zo werkt de menselijke psyche niet.' Hij schudde zijn hoofd en ging voort: 'Wil jij een ter dood veroordeelde uitleggen dat het niet zinvol is om zich druk te maken over zijn executie de volgende ochtend omdat hij immers *toch wel* de kogel krijgt?'

Hessel stond op en ritste zijn jack dicht. 'Dat voorbeeld raakt kant noch wal', zei hij.

Thomas was weer alleen. Hij had geen pijn, en hij dacht na. Het moest een koud kunstje zijn om de tijd terug te draaien en de toestand van voor het ongeval te herstellen; de gebeurtenissen van het laatste uur waren volkomen willekeurig en hadden niets met hem te maken. Waarom zou hij de situatie eigenlijk serieus nemen?

De volgende ochtend werd hij gewekt door een diabolisch kabaal van borden, messen en vorken: met lancetten van geluid werd er in zijn gespannen borstholte gesneden. Sylvia zette een plateau met eten voor hem neer en lachte hem toe alsof ze hem al jaren kende.

Hij draaide zijn hoofd naar zijn nachtkastje. Er stond een glas water naast een stapeltje boeken – Hessel had ze kennelijk opgehaald, precies die waarin hij bezig was geweest – en helemaal bovenop zag hij het rode linnen van Friedells *Kulturgeschichte der Neuzeit*, het boek dat hem zijn botbreuk had opgeleverd. Hij voelde zich alweer iets beter, alsof hij dwalend door de woestijn van het lichaam op een uit drukletters bestaande oase was gestuit.

Het licht van de zaterdag begon door de gordijnen te dringen, en Thomas ontdekte dat hij de kamer met iemand anders deelde – van onder de dekens van het bed rechts bij het raam hoorde hij het gesnurk van een man. Hij pakte *Het diadeem* van de stapel en herlas enkele onderstreepte passages, om te controleren of zijn hoofd het ongeluk zonder schade doorstaan had: 'Zoek niet langer vreugde in zinsobjecten. Verlang niets anders dan oneindige zaligheid', en 'Het ik schept gebondenheid waaruit ellende voortvloeit'. Bij het omslaan van een bladzijde verloor Thomas de controle over zijn lectuur, en het boekje kwam met een droge tik onder zijn bed terecht. Tot aan de komst van de eerstvolgende verpleegster was al deze wijsheid onbereikbaar geworden.

Er lag een hoofdpijn op de loer, als het geluid van een stationair draaiende motor vlak om de hoek – hij zou zich rustig moeten houden. Hij sloot zijn ogen en herinnerde zich hoe hij was gevallen, hoe hij de eerste seconden na het neerkomen maar één ding had kunnen denken: hier heb ik *geen tijd* voor.

Later die ochtend kwam Sylvia weer even bij hem kijken. Hij zat wat in Friedell te lezen, ongeconcentreerd, zijn hoofd een marktplein vol gedachten. Ze zakte door haar knieën en sprak de titel hardop uit. 'Dat is Duits', zei ze. 'Wat knap, kun je dat lezen? Waar gaat het over?'

Thomas legde het koordje dat als bladwijzer fungeerde in de vallei tussen de pagina's en sloeg het boek dicht. Hij vond het moeilijk om over een boek te praten met iemand van wie hij verwachtte dat ze zelf niet las – maar dat was natuurlijk een vooroordeel, en bovendien verpleegde ze hem en was hij haar iets verschuldigd. Nadat hij voorbereidend gekucht had zei hij: 'Het gaat over kunstenaars, filosofen en staatslieden. Er staat bijvoorbeeld een verhaal in over een meneer Von Metternich. Hij was zo conservatief dat hij zelfs een hekel had aan jaarwisselingen.'

Sylvia raapte het *Diadeem* van de grond en lachte op een

manier die Thomas in onzekerheid liet over de aard van haar lachen. Lachte ze uit welwillendheid of omdat ze begreep wat hij zei? En maakte het eigenlijk uit of iemand om de ene of om de andere reden lachte? – Bizarre kieskeurigheid voor iemand die geveld ter aarde lag! 'En het gaat over de Dekabristen', ging hij verder. 'Ze wilden revolutie in het Rusland van de negentiende eeuw, omdat het volk het zo slecht had. Ze streefden naar een constitutie, maar het volk dacht dat ze het over de vrouw van de grootvorst hadden.' Thomas zweeg en bestudeerde Sylvia's gezicht. Hij kreeg de indruk dat ze hem aankeek alsof ze nog bij zijn geboorte had geassisteerd. 'Zo gaat dat met revoluties', zei hij toen de pauze hem te lang werd. 'Heb je misschien nog wat thee voor me?'

Sylvia keerde terug met thee en vier besuikerde kaakjes (zijn vader wist waar hij het over had), ze aaide over zijn haar en liep naar zijn kamergenoot, die zij aansprak met de naam 'Joziasse'. Thomas' hoofdpijn was erger geworden: kon hij maar slapen en slapen tot zijn been weer genezen was, het gips verwijderd, Leontine zijn beminde en August zijn biechtvader – kon hij al die vervelende tussenstappen maar overslaan!

'Hoe ben jij hier terechtgekomen?'

Joziasse was overeind gekomen en bestudeerde hem met de intensiteit van een natuuronderzoeker, en Thomas voelde dat hij zich niet met een of twee korte antwoorden aan het dreigende gesprek zou kunnen onttrekken. Joziasse was een man die op hem de indruk maakte dat hij tien jaar jonger moest zijn dan hij eruitzag, en in dat geval was hij een jaar of zestig. Zijn huid was rimpelig als een oude ballon en zijn hoofd was bedekt met dik grijs haar.

'Het is een eigenaardig verhaal', zei Thomas. Hij legde zijn boek op het nachtkastje en wreef met zijn handpalmen over zijn ogen, in de hoop dat de vragensteller zou oplossen in het ochtendlicht. 'Ik probeerde een boek te pakken waar ik net niet bij kon. Ik ging op een klapstoel staan, maar te veel op de rand. Mijn been raakte klem tussen de leuning en het zitvlak, en ik ging met boek en al onderuit. Mijn vriend Hessel stond erbij alsof ik met de repetitie van een nieuw circusnummer bezig was.'

Joziasse verschoof zijn kussen, en hij keek naar Thomas als een sportvisser naar een bewegende dobber. 'Je hebt je gezondheid dus gewaagd voor een boek. Houd je zoveel van boeken?'

'Ze zeggen', zei Thomas, die plotseling de onbegrijpelijke behoefte voelde deze wildvreemde iets over zichzelf vertellen, 'dat het volle leven niet in boeken kan worden aangetroffen. Dat is natuurlijk zo, maar waar vind je het dan eigenlijk wel? In de nachtclubs van de grote steden misschien? Op de binnenplaats van een gevangenis, tien minuten voor je terechtgesteld wordt? Ik zou dat weleens willen weten. Mijn vader zei dat één ding hem altijd verbaasd had: dat eigenlijk niemand ooit veranderde. Hij heeft bij de marine gewerkt, op de torpedobootjager *Hr. Ms. Van Galen.* Hij voer met zijn vrienden naar Recife en naar Moermansk en naar Havana, en volgens hem heeft iedereen zijn complete collectie vooroordelen langs alle grondzeeën en orkanen en beschietingen weten te loodsen. Hij moest lachen om het woord "levenservaring", volgens hem bestond zoiets helemaal niet. Ik vond die visie hoogst origineel, voor die tijd, hij las geen filosofen, zoals ik, en je zou kunnen zeggen dat hij dit inzicht weer op paradoxale wijze aan zijn ervaring te danken had. Maar stelt u zich eens voor dat het waar zou zijn, dat niemand er ooit iets bij leert, dat we maar wat rondwandelen en eten en drinken en tegen dezelfde blinde muren blijven aankijken, wat we ook ondernemen – ik ken geen gedachte die mij meer beangstigt. Maar soms,' – Thomas breidde zijn armen zoals hij August had zien doen – 'soms beleef ik momenten van licht en van ruimte, ik voel me breder en dieper en er is een suggestie van onbenutte mogelijkheden...'

Hij zweeg plotseling, en Joziasse keek uit het raam en knikte, alsof hij iets bevestigd zag wat hij al vermoed had. 'Hoe zal ik het zeggen', zei hij, terwijl hij Thomas peinzend aankeek. 'Je bent een soort kletskous, maar je doet erg je best. Heb je weleens pijn geleden? Ben je weleens maanden ernstig ziek geweest? Al die dingen moet je nog gaan beleven. Ik denk wel dat er iets te leren valt, maar toch wordt je leven niet makkelijker. Je wordt dus misschien wel wijzer, maar je hebt nog steeds niets in de hand, of lig ik nu zelf dom te zwetsen?'

'Goed,' zei Thomas, 'u heeft ongetwijfeld gelijk, ik heb nog maar weinig meegemaakt. Maar als ik op mijn sterfbed lig...'

'Loop je niet een beetje op de zaken vooruit?' zei Joziasse. 'Heb je al een kind verwekt?'

'...als ik op mijn sterfbed lig,' ging Thomas voort, 'wil ik in tegenstelling tot al die mariniers iets geleerd hebben. Ik heb behoefte aan solide waarheden, niet omdat ik niet tegen onzekerheden kan' (hij loog nu gedeeltelijk, maar dat was nauwelijks van invloed op zijn betoog) 'maar omdat het waardenrelativisme mij te weinig verplichtingen oplegt.'

'Het waarden wat?' vroeg Joziasse.

'Die leer wordt aangehangen door mensen die denken dat er nergens over te twisten valt,' zei Thomas, 'hetgeen overigens juist tot gevolg heeft dat ze over alles moeten twisten. Je kunt een hoop ironische opmerkingen maken over de waarheid, je kunt waarheden ter grootte van bergketens wegrelativeren, daar is geen kunst aan, iedere Franse filosoof kan het, je hoeft alleen maar een paar taalspelletjes te beheersen, maar wat ik voel is een, ik zou bijna zeggen *fysieke* behoefte aan waarheid: ik neem niet langer genoegen met vaagheden, en als de waarheid niet in taal te vangen is, dan moet zij toch ooit, op tenminste één moment in je leven, te voelen zijn als iets *onomstotelijks*. Kent u dat verlangen?'

'Ik denk dat ik je begrijp,' zei Joziasse, 'maar volgens mij valt er eigenlijk niet veel te leren: we lijden pijn en we gaan dood. Wil je nog meer weten? Denk je dat er nog interessantere waarheden zijn?' Hij liet zich achterover zakken en draaide zich op zijn zij. 'Weet je wat het is,' ging hij voort, terwijl zijn stemgeluid via het plafond en licht vervormd bij Thomas' oren terechtkwam, 'het is niet uit te leggen, als er tenminste iets valt uit te leggen. Nee, jongeman, als ik er nog eens over nadenk valt er niets uit te leggen. Hoewel...' Hij zei een tijdlang niets meer, en Thomas dacht dat hij weer in slaap gevallen was, maar plotseling ging Joziasse verder op een toon die nauwkeurig aansloot op het woord 'hoewel', alsof hij helemaal niet gepauzeerd had: 'Misschien heb je hier wat aan. Net als alle jonge mensen heb je natuurlijk een pesthekel aan leerzame verhalen, maar dat moeten jullie ons maar gunnen, het ligt allemaal in de aard der dingen besloten, zoals ze zo mooi zeggen, maar als ik moet ophouden met praten druk je maar op de alarmknop. Maar vooruit. Mijn vrouw en ik hadden drie jaar gespaard om naar Australië te reizen, daar woont namelijk onze zoon. Je kunt je natuurlijk afvragen waarom die klootzak niet naar Nederland kwam, en dat heb ik ook weleens gedaan, maar daar ben ik mee gestopt. Afijn, weet je wat sparen is? Of liever gezegd, weet je wat dromen is? Je fantaseert weleens wat, maar een echte droom koesteren is wat anders, geloof mij maar. Mijn vrouw snakte ernaar om onze zoon te zien, ze praatte er iedere dag over. Op een gegeven ogenblik hadden we genoeg geld bij elkaar. We zouden met de boot gaan, want mijn vrouw durfde niet te vliegen, het was beroerd, maar zo was het nu eenmaal en dan slik je dat. We bespraken een plaats, een feestelijke dag was dat, ze was door het dolle heen. Ik had haar nog nooit zo gezien, ze was nauwelijks ooit de stad uit geweest. Ik had drie maanden vrij van mijn werk, al mijn dagen opgespaard, jaar in jaar uit, meer voor mijn vrouw dan voor mezelf, want ik vond dat André best naar Nederland kon komen, maar dat is een ander verhaal. Twee dagen voordat we weg zouden gaan, lagen we nog wat in bed te praten. Het was een warme avond, de ramen stonden open, je kon tegen de hitte leunen, zoals ze zeggen. Mijn vrouw was een beetje zenuwachtig, ze zei steeds maar tegen me dat er toch niets engs zou gebeuren tijdens zo'n lange reis, of er nog weleens boten tegen een ijsberg voeren en zo. Ik zei: "Lieve schat, van hier tot Australië zullen we geen flinter ijs tegenkomen, maak je maar geen zorgen", en toen gingen we slapen, voor zover dat mogelijk was met die warmte, je kent die logge warmte wel, die blijft zo hangen, ook al zet je alle ramen tegen elkaar open. Na een uur werd ik wakker omdat mijn vrouw even naar het toilet ging, dat zei ze ook, ze was niet helemaal lekker van de warmte, dat had ze wel vaker, ze was nogal dik en dikke mensen houden niet zo van warmte. Ik sliep weer in en ik werd 's morgens vroeg wakker. Het was nog steeds warm en de zon scheen alweer. Ik zag op de wekker dat het zeven uur was. Ja, en ik voelde toen iets eigenaardigs in mijn rug, hoe zal ik zeggen, iets wat naar me keek en ook niet naar me keek, dat heb ik nooit meer meegemaakt, er lag iets afwezigs naar mij te kijken, als je het niet hebt gevoeld weet je niet wat het is. Ik draaide me om naar Liesbeth, maar ze was er niet, de dekens lagen open en ze was al uit bed, maar toch was er iets vreemds aan de hand, ik zag iets en ik wist niet wat, en plotseling wist ik het, haar kamerjas hing aan het haakje aan de muur, als ze 's morgens uit bed ging deed ze haar kamerjas aan. Ja, en toen had ik het gevoel alsof er een stuk ijs tegen mijn borst werd gedrukt, en ik probeerde dat akelige gevoel weg te krijgen dat eerst naar mijn ingewanden ging en toen door mijn hele lichaam, er was iets veranderd wat niet meer ongedaan gemaakt kon worden, ik wist het meteen, en ik had kunnen denken dat het toch warm was, waarom zou ze dan een kamerjas aandoen, maar ze was zo'n vrouw die altijd haar kamerjas aandeed, dat deed ze nu eenmaal. Ik luisterde heel ingespannen, of er geluiden uit het huis kwamen, of je de theeketel hoorde fluiten of een kraan hoorde lopen, of vaak hoorde je de radio al aanstaan, ik hield ervan als de radio aanstond als ik beneden kwam, stoom in de keuken, de eieren die gezellig borrelen in zo'n pannetje, en Liesbeth die mijn brood stond klaar te maken, en onze spullen zagen er hetzelfde uit als altijd, dat rommelige bed van ons, het schilderij aan de muur, de wekker die op het nachtkastje tikte, alles was hetzelfde maar ook op een afschuwelijke manier anders, en ik weet nog dat ik dat gevoel heb weggedrukt, ik kwam eerst helemaal niet uit bed, dat leek wel uren te duren al waren het misschien een paar minuten, want ik was al bang voor wat ik beneden zou vinden, ik zou misschien moeten bellen maar de telefoon stond beneden en daar was Liesbeth ook. Maar uiteindelijk ben ik gegaan, ik trok mijn pantoffels aan, die stonden ook waar ze moesten staan, ik ging de trap af naar de hal, de voordeur zat op het nachtslot en ik zag dat het licht op het toilet aan was, het bovenste gedeelte was een ruit, dat licht kon je dus zo zien. Ik weet dat ik twee of drie keer heb geroepen, niet hard, maar voorzichtig, alsof er iets akeligs zou gebeuren als ik harder zou roepen, en ik heb op de deur geklopt toen ik niets hoorde, en ik hoorde nog altijd niets, en daarna heb ik de dokter gebeld, ik kon het nummer niet vinden van de spanning, en mijn hart ging tekeer als een idioot. De dokter was heel rustig, hij begreep zeker wat er aan de hand was, want tien minuten later was hij er al, hele lange minuten, want ze voelden aan als een eeuwigheid, voor het eerst begreep ik die uitdrukking, en al die tijd stond ik voor het raam de straat in te kijken en te bidden dat de dokter gauw zou komen. Ik stond op de drempel van de kamer en de hal toen hij de deur van het toilet opendeed, ik zag zijn hoofd door de bubbeltjes van het glas, als een vreemde schaduw, ik kon met geen mogelijkheid zien wat er gebeurde, en ik wilde ook niet kijken. Ik weet ook nog dat ik aan Australië dacht, aan die reispapieren in mijn portefeuille, bij mijn paspoort, ja, dat was vreemd, dat ik daar toen ook aan dacht. Na een tijdje kwam de dokter weer te voorschijn, en toen hij mij aankeek hoefde ik niets meer te vragen, ik begon meteen maar wat te grienen en ik vroeg of hij koffie wou, daar maak je je op dat moment druk over, koffie voor de dokter, je wilt een nette gastheer blijven, en ik kon door mijn tranen het koffiezetapparaat niet eens goed zien. De dokter ging iemand bellen en ik weet nog precies hoe ik vanuit de keuken naar de deur van het toilet keek, het licht stond nog steeds aan, en voor de eerste keer wist ik wat het betekende als de dingen anders werden, dat het leven zou veranderen zoals het nog nooit veranderd was.'

Joziasse zweeg, en omdat Thomas niets wist te zeggen kreeg hij het gevoel dat hij een overtreding tegen een gecompliceerd en nergens op schrift gesteld ritueel begaan had. 'Het spijt mij,' bracht hij na seconden van vruchteloos gepieker uit, 'het spijt mij ontzettend.'

'Ach,' zei Joziasse met een stem die als een oude ster onder haar eigen gewicht was ingestort, 'het maakt niet uit, het geeft niet, je bent een beste jongen.'

'Timoteüs!' 'Tommaso!'

Hij had zich met gesloten ogen liggen vervelen, en hij had

zich voorgenomen ooit een verhandeling over de verveling te schrijven: niet over de verveling als extase, maar over de verveling die thuis oppaste als de geest de deur uit was, de verveling die niets anders was dan de weerstand tegen het lichaam.

Toen hij zijn ogen opende stonden Hessel, Schless en Reedijk bij zijn bed. Schless haalde repen chocola, appels en sinaasappels uit een plastic tas en legde ze op het nachtkastje. 'Ik heb een vreemd verhaal gehoord,' zei hij, 'maar het zal wel niet waar zijn.'

'Martelaar voor de God der Letteren', zei Thomas. 'Hoe gaat het ondertussen met de mensheid?'

Ze gingen op de rand van het bed zitten. Hessel vertelde anekdotes over de afgelopen kamerverkiezingen en over de nieuwe Franse president, en Reedijk opende een leren draagtas waaruit hij twee achter glas ingelijste foto's haalde van identieke stapels kartonnen dozen – zo te zien waren het zelfs twee afdrukken van hetzelfde negatief, maar de ene had als titel 'A' en de andere 'B'. Reedijk zei: 'Weet je nog dat we wat later kwamen omdat we foto's hadden gemaakt? Hier zijn ze. Ze vertegenwoordigen een nieuwe fase in mijn werk over *afwezigheid*, maar dat moet ik even toelichten.'

'Een keerpunt,' zei Schless, 'een nieuw era in de fotografie.'

'Houd je er even buiten, Rudolf. Kijk, dit zijn twee verschillende momentopnamen. Op foto "A" zit Schless achter de dozen verborgen, en op foto "B" ikzelf. Ik heb de negatieven zorgvuldig gedocumenteerd en in de juiste volgorde afgedrukt, dus verwisseling is uitgesloten. Volgens mij zijn we erin geslaagd de rafeligheid van het ogenblik te reduceren. We hoeven niet langer op zoek naar het verkeerde moment, we gaan het moment zelf te lijf. Begrijp je wat ik bedoel? We nemen niet langer genoegen met het toeval, we sluiten het goede moment op tussen twee gecreëerde ogenblikken, en het aldus ingesloten onwerkelijke wordt belichaamd, als ik deze term hier kan gebruiken, maar dat moet ik nog nader uitwerken, door de tot niets leidende, onzichtbare substitutie van mijzelf voor Rolf, zodat het ongrijpbare ogenblik...'

Thomas luisterde niet meer; hij knikte met berekenende tussenpozen, wachtend op het einde van Reedijks woordenstroom. Hij pakte de appel die Hessel hem aanreikte en zette zijn tanden diep in het harde, zure vruchtvlees. Hij verlangde naar eenzaamheid, om iets tot bloei te brengen wat dreigde weg te kwijnen, iets lijfelijks, iets wat voortdurend en alomvattend present moest zijn.

Toen hij hoorde dat Reedijk was opgehouden zei hij: 'Ja, ik geloof dat je iets op het spoor bent.'

Reedijk toonde plotseling een bedeesde glimlach; zoals altijd als hij klaar was met een betoog werd zijn gedrag voorzichtig en aarzelend, alsof men hem zijn schuilplaats had ontnomen.

'Zo,' zei Schless, 'en heeft onze ter aarde gestorte Bellerophon al paardrijles genomen?'

'Jullie zijn een stel ongeneeslijke verbalisten', zei Thomas. 'Over een paar dagen kom ik thuis. Gaan jullie dan voor me zorgen?'

'Dat is waar ook,' zei Hessel, 'toen ik je moeder aan de lijn had beloofde ze dat ze je zou komen halen.'

Thomas hoorde Joziasse hoesten – een zeer persoonlijk, schraperig geluid. 'Mag ik jullie aan mijn kamergenoot voorstellen? Wij hebben samen over het volle leven gesproken.'

'Nog meer van die boekenwurmen', zei Joziasse. 'In de bijbel staat ook iets leerzaams over het lezen van veel boeken, maar ik weet alleen niet meer wat.'

Zijn vrienden stonden nog wat met Joziasse te kletsen toen Sylvia Thomas een telegram bracht:

> Lieve Thomas,
>
> Bel me op lieve schat zodra ik je kan komen halen. Beterschap ook van Günther.
>
> Je moeder.

Hij was ontroerd door het ontbreken van de komma's: de zorgzaamheid had het van de leestekens gewonnen, zoals het hoorde.

Tien minuten voor het einde van het bezoekuur verscheen Viktor, en hij had niets bij zich. 'Dat had je niet hoeven doen,' zei Schless, 'het is te veel.'

Viktor negeerde de opmerking. 'Ik kon niet eerder', legde hij uit. 'Van harte beterschap, ook namens mijn zusje. Ze komt morgen, heeft ze gezegd.'

Reedijk pakte een fototoestel uit zijn tas. 'Portret met been', zei hij. Hij verwisselde een paar maal van objectief en dirigeerde zijn vrienden naar compositorisch verantwoorde plaatsen. Het been vormde het centrum van de gezelligheid; het lag als een neergeschoten gipsen dier tussen hen in.

Hij opende zijn ogen en luisterde. Er klonk een schrapend gehoest, alsof iemand een metalen schop over de straatstenen achter zich aan sleepte. Thomas was uit zijn droom gerukt, maar hij had de werkelijkheid nog niet helemaal bereikt. Hij wankelde een tijdje tussen twee werelden en ontwaakte definitief. Het was Joziasse, en dit hoesten was niet normaal, er moest iets gebeuren.

Hij drukte langdurig op de bel boven zijn bed. Zijn hart begon versneld te bonken. Er verscheen vrijwel meteen een zuster. Ze deed het licht aan en liep naar de hoek van Joziasse, en ze trok het gordijn met een enkele ruk achter zich dicht. 'Meneer Joziasse', zei ze, en ze herhaalde: 'Meneer Joziasse.' Haar stem klonk zowel bevelend als bezorgd. Ze rende weg en Thomas bleef alleen achter. Het geschraap nam toe, stierf weg, keerde weer terug en hield uiteindelijk helemaal op. Thomas begon om hulp te roepen, niet voor Joziasse maar omdat hij niet alleen wilde zijn met een stervende, zoals hij onmiddellijk besefte. Hij schaamde zich, stopte met roepen en werkte zich helemaal overeind. Het bed in de hoek ging schuil achter het gordijn, en hij zei zachtjes: 'Meneer Joziasse, meneer Joziasse, is alles goed?' Hij vroeg zich af waarom hij Joziasses naam niet harder durfde te zeggen, want er was nu echt iets aan de hand, hij beeldde zich ditmaal niets in, zoals destijds bij mevrouw Prins. Het leek alsof het aanroepen van Joziasse gevaar opleverde voor hem zelf. Hij haalde diep adem en schreeuwde: 'Meneer Joziasse, nog even volhouden, ze komen eraan.' Waar bleven ze al die tijd? Konden ze hun apparatuur niet vinden? Thomas keek naar het zeegezicht boven zijn bed en probeerde zichzelf te kalmeren – hemzelf mankeerde niets, er was geen reden om angstig te zijn. Hij hoorde de stemmen van een man en een vrouw, wieltjes op het linoleum, zijn eenzaamheid vervloog. 'Hier is het', riep hij, en toen het wagentje met apparatuur binnenkwam wees hij naar de hoek, een gebaar dat hij zelf belachelijk vond maar niet wist te onderdrukken. Er waren twee broeders en twee verpleegsters aanwezig, korte tijd later gevolgd door een lange, witte man met een stethoscoop. Gedurende een oogwenk meende Thomas Joziasses hoofd te zien, weggezonken in het kussen, maar meteen daarna werd het gordijn dichtgetrokken, een vreemd, ritselend geluid dat hij niet meer zou vergeten. 'Meneer?' vroeg iemand. 'Hoort u mij? Meneer?'

Een mannenstem zei: 'Klaar?' Er klonk een dof, afgemeten geluid, alsof er een met rubber afgewerkte deur werd dichtgegooid. Thomas hoorde twee of drie stemmen tegelijk, maar toen was het stil, iedereen hield zijn adem in, en hij dacht: niet nu, Joziasse, niet nu ik hier lig, ik heb je net nog gesproken en dit ga je me niet aandoen. Dezelfde mannenstem zei op kalme en dwingende toon: 'Klaar?' Thomas wilde er niet meer bij zijn – hij drukte zijn wijsvingers in zijn oren, maar het geluid ging door hem heen alsof hij geen substantie meer bezat. Vervolgens dwong hij zichzelf tot luisteren. Hij trok zijn vingers terug en keek naar de schaduwen achter het gordijn. Niemand sprak een woord: dit zwijgen was verschrikkelijk, maar hij moest hierbij aanwezig zijn, het was een opdracht die hem was gegeven omdat hij er niet bij was geweest toen zijn vader stierf – daarom was hij hier, het was nooit mogelijk om iets over te slaan.

Een aansporing, hard en droog als een kanonschot: 'Nog een keer.'

Ze joegen elektriciteit door het uitgeputte lichaam van Joziasse. Thomas zag hem voor zich alsof hij dwars door het gordijn kon kijken: zijn kaken hoekig en gespannen, zijn trillende ogen gesloten, een chaos van laatste gedachten die naar de uitgang renden alsof er brand in het warenhuis was, maar er was ook rust en vanzelfsprekendheid, er was in zekere zin niets aan de hand. Thomas' hoofd gloeide, en hij voelde traanvocht in zijn ooghoeken, het verzamelde zich tot druppels en trok over zijn jukbeenderen, dook onder in de ruimte en kwam weer te voorschijn als donkere plekken op het kussen. Achter het gordijn begon iemand gedempt te praten, en Thomas herkende het woord 'verliezen'. Hij raakte er onmiddellijk van overtuigd dat geen ander woord zozeer de moeite van het verstaan waard geweest zou zijn. 'Klaar?' vroeg een stem waaruit alle energie was weggelekt.

De stilte had zich van de ruimte meester gemaakt, maar het was een stilte die zich schrap zette, in het besef dat zij binnenkort verpletterd zou worden. Thomas kwam met een schreeuw overeind, nauwlettend bekeken door een gezicht dat in een oogwenk van achter het gordijn te voorschijn was gekomen, de kamer schommelde om hem heen en zijn lichaam viel opzij, hij sleepte dekens en lakens met zich mee en verloor het bewustzijn nog voor hij het effen, glanzende linoleum raakte.

Vroeg in de ochtend werd hij wakker met een sensatie van benauwdheid, alsof hij zijn longen niet helemaal vol kon zuigen. Het licht in de kamer was schraal en zonder duidelijke bestemming, alsof het nog niet had besloten in welke richting het zich zou gaan bewegen – meer duisternis of meer licht. In de wijde vlakte van stilte verhief zich een zoemtoon, het geluid van een machine die ergens een belangwekkende, maar onduidelijke taak stond te verrichten. Hij herinnerde zich het koude linoleum en de armen van verplegers en de stem van Sylvia: 'We hadden hem hier niet moeten laten liggen.' Hij was betast en er waren hem dingen gevraagd, en ten slotte hadden ze hem alleen gelaten.

Hij werkte zich overeind en knipte het lampje boven zijn bed aan. Rechts naast zijn bed stonden twee krukken met de kleur van dof zilver, twee rondgebogen, elkaar weer naderende metalen stroken aan de bovenkant en een rubberen uitsteeksel wat verder naar beneden. Deze voorwerpen hadden niets met hem te maken, en toch stonden ze daar tegen de muur, ervan overtuigd dat hij vroeg of laat een beroep op ze zou doen, en er zat iets licht neerbuigends in de kalmte waarmee ze op zijn hulpbehoevende lichaam stonden te wachten. Leontine mocht hem niet zo zien: ze zou het beeld van zijn weerloosheid niet meer kwijtraken, omdat ze er te vroeg mee was geconfronteerd.

Het bed bij het raam was leeg – hij hoefde er niet naar te kijken om te weten dat het leeg was, maar hij keek toch: de dekens waren rechtgetrokken, het laken was keurig omgevouwen en het kussen lag doodsbleek op zijn plaats. De gordijnen bewogen heel licht, vermoedelijk door de turbulentie boven de centrale verwarming. Het ziekenhuis was door iedereen verlaten, het was ontruimd, in afwachting van een bombardement, een giftige wolk of vijandelijke troepen die de hoofstad na een beleg van maanden eindelijk waren binnengetrokken, en niemand had hem gewaarschuwd – maar hij verdreef zijn fantasie met een paar heftige bewegingen van zijn hoofd, hij was niet alleen, hij had slechts de ochtend ontdekt op een moment dat niemand erop lette; de ochtend was niet op zijn hoede en had zich ongeremd en naargeestig door de ruimte verspreid. Hoe ouder hij werd, hoe vaker hij deze ochtenden op heterdaad zou betrappen.

Het zoemen was ongemerkt opgehouden. Hij sloot zijn ogen, tikte met zijn nagels tegen het frame van zijn bed en haalde diep adem, maar zijn longen gaven hem nog altijd te weinig ruimte. Hij opende zijn mond, maakte zijn schouders breed en nam zo veel mogelijk lucht tot zich. Zijn hart klopte sneller dan anders. Hij keek op zijn horloge en telde zijn polsslag: ongeveer negentig slagen per minuut, minstens dertig te veel, een reactie op zijn ongeluk vermoedelijk, ergernis over de kostbare tijd die hij in een ziekenhuis zou moeten doorbrengen, het kon zoveel betekenen. Hij greep een boek, in de hoop dat tekst hem zou kalmeren – *Hier is de zee van brahmans eindeloze vreugde. Hoe kan ik iets geloven of bewijzen? Bestaat er immers iets buiten brahman?* Buiten waren er een paar vogels ontwaakt, en hun getjilp had iets dreigends – er was iets mis met deze dag, en hij zou het moeten analyseren. Hij las een passage die hij destijds niet onderstreept had: *Thans weet ik helder en zeker dat ik atman ben wiens ware natuur eeuwige vreugde is.* Hij plaatste zijn duim en wijsvinger in zijn hals en telde, dertig slagen in vijftien seconden, honderd en twintig, dit had hij nog nooit meegemaakt, en hoe banger hij werd, hoe sneller zijn hartslag zou worden, dat had hij eens in een tijdschrift gelezen, een ellendige, zichzelf in stand houdende spiraal. Hij moest een uitgang vinden, zijn gedachten op iets anders richten, honderd achtentwintig, het werd al moeilijker om het bij te houden, maakte hij niet steeds een domme rekenfout? Hij ademde in en hield de lucht vast, zijn lichaam schudde mee met de slagen van zijn hart, kon hij maar rondlopen om tot rust te komen, maar zijn been hield hem gevangen. Hij had zijn pols of zijn hals niet meer nodig om zijn hartslagen te tellen, en hij telde, honderd en veertig, dit hield geen lichaam vol – straks vonden ze hem naast het bed, alweer een slachtoffer uit dezelfde zaal. Hij was duizelig, hij kreeg steeds minder lucht en zijn wangen tintelden, als hij erin kneep voelde hij niets. Hij durfde zijn pols niet meer te tellen, het kloppen van zijn hart ging zo snel dat de slagen zich aaneensloten tot een slang van angst die zich van zijn buik tot aan zijn hals door zijn lichaam kronkelde, de muren van de zaal naderden elkaar en zijn gezicht voelde aan alsof er een eindeloos fijne, maar agressieve motregen op neerkwam. Zijn middenrif werd samengeknepen en zijn hoofd werd licht – niemand had hem gewaarschuwd, hij was niet klaar, en in zijn buik ontstond een gevoel dat hij niet kende, pijlsnel en omvangrijk, waarom was er geen hulp en Jezus Christus waar had hij zich tot nu toe druk over gemaakt, hij zou niemand meer zien en in dit bed ging hij dood, in een ziekenhuis, net als zijn vader.

Hij begon te schreeuwen, zakte opzij en bleef schreeuwen

totdat hij het dodelijk verschrikte gezicht van Sylvia zag en onmiddellijk begreep dat hij niet het einde van iets naderde maar het begin.

13

All fantasy is a failure of sensuality.
LEWIS THOMPSON

Kort na het Gelderse uitstapje bezoekt zijn vader Leiden,om de stad weer eens te zien waar hij ooit een paar jaar gewoond heeft. Hij zit met zijn ouderwetse hoed op in een keverachtige rondvaartboot, die om de een of andere reden zijn enthousiasme heeft opgewekt. Zijn gezicht steekt mager en kwetsbaar boven de zware winterjas uit. Het is zacht weer, het licht is helder en de zon staat fris als een beginner boven de stad. Ze zitten naast elkaar, Thomas bij het raam. De grachtenpanden, die hij nog niet kent, schuiven voorbij, de zon schittert door de zware bomen aan de oevers. Alles ademt groei, toekomst en initiatief, de mensen op de terrasjes, de glimmende, geparkeerde auto's, een huis dat in de steigers staat. Zijn lichaam is opgewonden van alle mogelijkheden; hij heeft zich ingeschreven voor een vereniging, hij wil met iedereen kennismaken. Rolf Schless komt over een paar weken ook naar deze stad.

De huid van zijn vader is droger en gelig geworden – langzaam aan, zo heeft hij een keer spottend gezegd, wordt hij een woestijn. Hij wijst gebouwen en bruggen aan die hij van vroeger herkent, het Academiegebouw, de Zijlpoort, zijn arm trilt van de inspanning. De stad is vandaag traag en vredelievend, een stad waarin niets mis kan gaan. Ze zitten uit elkaars pakjes te roken, Thomas geeft zijn vader een sigaret, zijn vader houdt hem zijn pakje voor, ze blazen rook door de glazen ruimte en maken grapjes over de slecht versterkte commentaren van de reisleider en over de mensen om hen heen, tientallen bejaarde Amerikanen van een reisgezelschap. Zijn vader is momenteel ook bejaard, maar hij is niet oud. 'Lang geleden,' zegt hij, terwijl er een groepje chagrijnige zwanen voorbijdobbert, 'toen jij nog heel klein was, ging ik weleens naar de kerk, omdat je moeder dat plezierig vond, en de dominee las een psalm voor die de gemeente namurmelde, "genees mij, Here, want mijn gebeente is verschrikt", of "elke nacht doorweek ik mijn sponde", of zelfs "mijn oog is dof geworden van verdriet". Als je jong en gelukkig bent wil je zulke dingen niet zeggen, jij was net geboren, ik hield van je moeder en van mijn werk, ik had geen zin in die huichelarij. Ik wist wel dat alles ten kwade kan keren, maar je moet altijd oprecht zijn, iets anders wordt er niet van je gevraagd.' En nu? denkt Thomas, zou je de dominee nu wel napraten of nog steeds niet, koppig als je altijd bent geweest, omdat je denkt dat het geen zin meer heeft om nog om genade te smeken? En waarom vertel je me dit eigenlijk?

Kort voordat de boot afmeert tegenover het pannekoekenhuis wordt de hoed van zijn vader door een plotselinge windvlaag door het open dak overboord getild en belandt op het water, waar hij zich, behoedzaam draaiend, aan de oppervlakte weet te handhaven. De gids roept om dat de rondvaart voorbij is en het geroezemoes van stemmen neemt toe, als in afwachting van een niet-bestaand hoogtepunt, en in contrast daarmee worden de donkere, borrelende geluiden van de motor krachtelozer.

Zijn vader kijkt de hoed treurig, berustend en tegelijkertijd vrolijk na, en hij zegt dat het allemaal niet van belang is, het was niet zijn beste hoed en 'hij drijft daar prachtig, vind je niet, een soort eend van textiel' – maar Thomas wendt zijn gezicht van hem af, naar het raam, en hij verhindert met inspanning van al zijn wilskracht dat hij in tranen uitbarst.

Hij had niet meer op haar gerekend, en toen ze kwam (tot zijn teleurstelling meteen gevolgd door mevrouw Prins) liet hij bijna zijn boek uit bed vallen. Het was twee uur, en hij had al een halfuur intensief liggen wachten. Vroeger stond hij in zijn pyjama bij de voordeur tot het moment dat zijn ouders van het bridgen terugkeerden, en het was hem een keer opgevallen dat ze pas op het tuinpad verschenen als hij even niet keek. Vanaf dat moment trachtte hij hun thuiskomst naderbij te dwingen door steeds vaker niet naar buiten te kijken, zodat er een gecompliceerd mengsel van kijken en niet kijken ontstond, maar dan bleek weer dat hij pas resultaat boekte als hij *spontaan* niet uit het raam keek (op een onvindbare plaats klopte het hart van een bepaald soort logica; in die zin leek zijn geloof op dat van een natuurkundige, of op dat van een theosoof, of op dat van iedereen: wie kon zonder een spoor van koketterie beweren dat hij nergens in geloofde?).

Leontine gaf hem een zoen die Thomas algemeen vriendschappelijk voorkwam en mevrouw Prins reikte hem een hand. De twee vrouwen aan zijn bed bestudeerden hem enige seconden aandachtig, alsof ze zijn toestand wilden peilen voordat ze tot spreken overgingen.

'Wat een opmerkelijk weerzien', zei mevrouw Prins met een fijnbesnaard lachje. 'Trouwens, ook onze eerste ontmoeting was niet alledaags.'

Thomas keek een moment naar het lege bed in de verste hoek van de zaal. Hij was vermoeid, en het leek alsof er een massa zand in zijn lichaam was gestort. Hij was blij dat Leontine was gekomen, maar hij wist niet waarover hij het zou moeten hebben. De verplichting om zijn bezoek te amuseren bedrukte hem.

'Nee', zei hij.

'Ik heb bloemen voor je', zei Leontine. Ze bukte zich en opende een boodschappentas. Mevrouw Prins zei: 'Bloemen van ons allebei. We vonden de toedracht heel grappig.'

Leontines gezicht verscheen als een zon boven de rand van het bed. Ze legde de bloemen op zijn deken en zei: 'Maar we hebben vooral medelijden met je.'

'Dat is niet nodig,' zei Thomas, 'met mij is weinig aan de hand. Maar gisteravond is er in dat bed (hij gebaarde naar de hoek) iemand doodgegaan, en vanmorgen kreeg ik zelf... maar dat was weer iets heel anders.'

Mevrouw Prins keek naar het lege bed alsof ze verwachtte dat daar nog steeds iets bijzonders te zien was, en daarna keek ze Thomas aan alsof ze wilde gaan uitleggen dat hij om die en die redenen niet in de war moest zijn, maar de voor een dergelijke geruststelling benodigde argumenten niet wist te verzamelen.

'Iemand doodgegaan, wat afschuwelijk', zei Leontine. Ze pakte zijn hand en vroeg: 'Ben je erg geschrokken?'

Haar aanraking elektriseerde hem. 'Ik geloof van wel,' zei hij, 'maar ik reageer zo traag, ik weet het niet. Laten we over iets vrolijks praten.'

Leontine keek naar het bed in de hoek en aarzelde, maar daarna liet ze zijn hand los en zei dat ze een vaas ging zoeken. 'Mijn man', zei mevrouw Prins toen Thomas met haar was achtergebleven, 'brak in de jaren voor hij stierf tot driemaal toe zijn rechterbeen. De eenzijdigheid van die keuze heeft me altijd verbaasd. Eigenlijk verwondert het me dat je je andere been hebt gebroken, het heeft iets... ik zou haast zeggen, iets origineels, vind je niet?' Toen Thomas niets zei begon mevrouw Prins aan een anekdote waar hij niet naar luisterde, maar hij was er dankbaar voor dat ze enige tijd aan het woord bleef.

Leontine kwam terug met een hoge vierkante vaas en een aardappelmesje, en ze begon de onderkant van de bloemstelen schuin af te snijden. Thomas had uren kunnen kijken naar de bewegingen van haar dunne polsen en haar prachtige vingers, begeleid door het getinkel van haar armbandjes. Mevrouw Prins vertelde nog iets over het weerspannige gedrag van de planten in haar huis, over haar tegenslagen bij het parkeren en over de kledingwinkels in Brussel, en ze nam afscheid met de opmerking dat ze alleen Leontine even gebracht had, en dat ze nog de stad in moest. Thomas schudde geschrokken haar hand, want hij ontdekte nu dat mevrouw Prins zijn samenzijn met Leontine had vergemakkelijkt, en plotseling waren ze alleen.

Thomas reikte haar de halfgevulde bonbondoos en vertelde wie er de vorige dag allemaal geweest waren. Hij gaf een kort overzicht van de laatste dagen, gebeurtenissen die hij met volzinnen onschadelijk wist te maken (maar ver weg, diep in zijn hoofd, was wat hij beleefd had nog aanwezig, waarschijnlijk verrassend levend, zoals een groep mijnwerkers die men na het uitgraven van een ingestorte schacht in goede gezondheid aantreft). Toen hij even was uitgesproken opende hij de bovenste lade van zijn nachtkastje en pakte zijn sigaretten. 'Niemand kan meer bezwaar maken', legde hij uit.

Leontine aanvaardde haar sigaret aarzelend, alsof ze ieder moment straf verwachtte. Thomas' eerste trek was van een orgiastische diepte; een prikkeling doortrok zijn neus, belandde tussen zijn ogen en reisde met onbekende bestemming af naar zijn hersenen. 'Mijn oom Niels', vertelde hij, 'zei dat je met totale overgave moet roken. "Er wordt veel gesabbeld, Tomaszewski," zei hij, "maar er wordt niet gerookt. De mensen kunnen niet genieten: werkelijk genot is altijd lichamelijk." Ik was een jaar of twaalf, maar deze woorden zijn me bijgebleven. Soms begrijp je niet waarom je fragmenten onthoudt.'

Leontine speelde met een bonbonpapiertje en knikte. Ze tikten hun as af in het deksel van de doos. Thomas zocht rusteloos naar een onderwerp, terwijl het hem ook nog ergerde dat hij de noodzaak voelde de stilte te verbreken.

'Wil je niet wat meer over gisteravond vertellen?' vroeg Leontine.

'Nee', zei Thomas. 'Hij ging dood waar ik bij was. Ik moet erover nadenken. Als ik erover praat schakel ik het uit. Ja, laat ik voor de verandering ergens eens geen woorden voor vinden.'

'Goed,' zei ze na een stilte, 'maar later moet je er veel meer over vertellen.'

'Ja', zei Thomas. Hij hoopte dat ze zijn hand weer in de hare zou nemen – dichterbij was ze nog nooit geweest.

'Mijn broer vond het vreselijk dat hij geen cadeau voor je had,' zei ze, 'ik wou je dat laten weten. Je krijgt van Viktor nooit de indruk dat hij zich druk maakt over die dingen, maar hij zit ingewikkelder in elkaar.'

'Dat geldt voor ons allemaal', zei Thomas. 'De momenten die ik het meest haat zijn de momenten waarop de werkelijkheid zich als overzichtelijk voordoet. De dingen verliezen diepte, de psychologie verdwijnt en je gedachten worden bijna letterlijk plat. Ik hou van ingewikkeldheid. Het zijn duizenden nuances die mij tegen de dood beschermen. Iets anders is er niet.'

'Dat zou betekenen dat de nuancering ook een toevluchtsoord is,' zei Leontine, 'een verfijnde vorm van verdringing. Waarom laat je de gebeurtenissen niet op je inwerken?' Ze lachte vaag, alsof ze wilde verzachten wat ze gezegd had, en Thomas snakte plotseling naar haar lichaam. Hij fantaseerde over de kussen die hij op haar warme buik zou drukken en de geluiden die ze zou maken als hij met haar de liefde bedreef. Hij betastte haar met zijn ogen en zag te laat dat ze naar hem zat te kijken. Hij bad in stilte dat ze niet zou vertrekken en tot halverwege de eeuwigheid op de rand van zijn bed zou blijven zitten.

'Ben je moe?' vroeg ze plotseling. 'Misschien wil je wel gaan slapen.'

'Nee,' zei Thomas, 'want straks wordt het weer nacht. Soms herinner ik me hoe bang ik als kind was voor de nacht. Als het bedtijd werd daalde er een schaduw over de wereld. Als kind ben je voor zoveel dingen bang.' En voor de aardigheid vertelde hij over dingen waarvoor hij destijds bang was: het scheuren van zijn maag als hij te veel at (verhaal van oom Niels), het sprookje van vrouw Holle, nachtuilen, alle honden, Duitse Autobahnen en de schoolzwemles op zaterdagochtend ('als de hel bestaat is hij gebaseerd op chloor en kindergeschreeuw'), en Thomas vergat helemaal dat hij misschien bijbedoelingen had: hij zou alleen al verliefd hebben kunnen worden op de manier waarop ze naar hem luisterde.

Als Thomas op een dag in maart 1979 de hal van de flat binnenkomt gaat net de telefoon. Het is zijn moeder.

'Tommie, je vader ligt in het ziekenhuis.'

Hij gaat met de hoorn zijn kamer binnen en gaat op de grond zitten. Hij kan zijn deur ondanks de draad dichtduwen. 'Is het ernstig, ma?'

'Hij heeft pijn in zijn buik, ze willen het onderzoeken. Ze nemen bij zijn toestand geen risico's.'

'Daar hebben ze gelijk in. Maak je je zorgen?'

'Tommie, het gaat niet goed met je vader.'

'Noem me maar Thomas ma, want zo heet ik. Hoe bedoel je, niet goed?'

Haar zorgelijkheid perst zich door de draad naar Thomas'

oor. Hij probeert ondertussen zijn jas uit te trekken.

'Ik heb zo'n voorgevoel.'

'Je hebt altijd voorgevoelens, ma.'

'Toen hij destijds ziek werd had ik ook gelijk.'

'Luister. Hij heeft het aan zijn buik, dat heeft niets met zijn nieren te maken. Was hij zieker dan anders?'

'Nee, helemaal niet.'

Het is een tijdje stil, alsof ze nu zichzelf heeft gerustgesteld, maar dan zegt ze: 'Tommie, ik maak me echt bezorgd.'

'Ben je in het ziekenhuis geweest, ma? Als je hem bezoekt zul je zien dat er niets aan de hand is. Hij heeft nu al zo vaak in het ziekenhuis gelegen. Je haalt je te veel dingen in je hoofd.'

Ze heeft niet geluisterd, want ze zegt vrijwel meteen: 'Ga je vanavond mee? Hij zou het zo leuk vinden. Hij ligt altijd tegen de verpleegsters op te scheppen over zijn studerende zoon.'

'Hij wil dat ik met een verpleegster trouw. Maar ik kom morgen ma, vanavond kan ik echt niet. Ik ga morgen met je naar het ziekenhuis.'

'Jij maakt je dus *helemaal* geen zorgen?'

Hij haalt diep adem en zegt: 'Nee, ik maak me geen zorgen want daar is geen enkele reden voor.' Zijn blik dwaalt van de aquaducten naar zijn woordenboeken; vlak boven het deel J-Z staat een meisje in een witte blouse de was van de lijn te halen, waarbij ze de vrijkomende knijpers in een onzichtbare emmer werpt – 'geen enkele', herhaalt hij bedachtzaam.

14

9 juni
Deze notities maak ik in het ziekenhuis, overeind met een kussen in mijn rug, mijn notitieblok op een eetplank. Het papier lijkt hier witter en afwachtender dan thuis, maar er is ook meer om het mee te vullen.

Voor het eerst heb ik heimwee naar een lichaamsdeel.

Ik lig nu op een andere zaal, met onder anderen een van zijn trap gevallen glazenwasser van een jaar of veertig die de hele dag stereotiepe opmerkingen over het studentenleven maakt, en een man van een jaar of vijftig die *stiekem* op het toilet rookt en voortdurend ontevreden is. Ik praat niet met ze; ik lach maar wat en ik blader door mijn cultuurgeschiedenis. De schrijver ervan maakte een dodelijke sprong uit het raam om aan arrestatie door SS'ers te ontkomen: hoe heb ik dit boek tot nu toe kunnen lezen zonder me hiervan voortdurend bewust te zijn?

Een gevoel van vrijheid compenseert mijn gedwongen liggen; ik kan nu eenmaal niets doen. Er komen iedere dag vrienden langs, die mijn nachtkastje met fruit overdekken.

Viktor had een gloednieuwe trui aan. Hij vertelde anekdotes over de mensa en ik heb hem zelden zo ontspannen meegemaakt. Hij gaf toe dat zijn vader 'in zekere zin een idioot' was; om hem tegemoet te komen (uit vriendschap) wilde ik vertellen dat iets dergelijks ook voor mijn vader gold, maar ik beheerste me, mijn vader was niet gek, zelfs niet tot op zekere hoogte (mijn moeder zou een betere kandidaat zijn).

Ik heb erover gefantaseerd dat August hier verscheen (zoiets zou hij natuurlijk nooit doen). Hij bekeek mijn zaalgenoten met donkerbruine, spottende ogen en ging op een stoel naast mijn bed zitten. Hij vroeg of ik iets 'geleerd' had, en ik zei dat ik het 'gevoel' had dat het zo was, maar het was geen waarheid die ik zou kunnen formuleren, althans niets dat ik al niet eerder had geweten. 'Thomas,' zei hij, 'je weet het al, dat is het probleem niet. Wat ga je de komende jaren doen? Nog meer boeken lezen en steeds spitsvondiger worden? Blijven geloven dat je met alle aantrekkelijke vrouwen naar bed wilt? Je gelooft het zelf natuurlijk niet, want eigenlijk valt het niet mee om waar dan ook in te geloven, het geloof blijft altijd steken op het niveau van een interessante manoeuvre, een strategie, snap je? Wie ben je precies, Thomas, wie ben je?' – enzovoort, zo praatte hij door, ik weet niet meer wat hij allemaal zei. Ik vraag me af wat het betekent dat ik zelfs in staat ben om te *verzinnen* wat hij zou zeggen, terwijl het uit zijn mond nog steeds verstandiger klinkt dan uit de mijne.

Ik ben geen sektelid, maar ik heb van August geleerd; hij spreekt *niet* over de dingen waar het om gaat, en dat doet hij op een briljante manier.

Sylvia vroeg gisteren of ik nog iets wilde vertellen uit het boek; misschien hoopte ze me op die manier over mijn schrik heen te helpen.

10 juni

Vanmiddag was Hessel op bezoek. Hij heeft nog altijd geen baan, en vanmiddag werd mij duidelijk dat hij de zaak saboteert, al zei hij dat niet met zoveel woorden. 'Ik ben zeer kritisch', zei hij. 'Voor je een functie aanvaardt moet je zeer goed nadenken, want anders zit je vast.' Hij overweegt om een paar maanden naar zijn 'Schotse vriendin' te gaan, enzovoort enzovoort, meer van die onzin. Waar is hij precies bang voor? Ik begin bij iedereen de angst te zien: wat is eigenlijk de straf die we verwachten als we onze grenzen overschrijden?

('s avonds)

Leontine is weer geweest. Ik liet me ontvallen dat ik weleens in een dagboek schreef ('dat doen mannen nooit' – 'ze doen het heel vaak, ze zwijgen erover' – 'ik geloof er niets van, Thomas') en ze wilde erin lezen. Het leek me een redelijk verzoek, maar ik heb geweigerd.

Is Leontine al eens van achter mijn projecties te voorschijn gekomen? Misschien zag ik haar zoëven voor de allereerste keer, een jonge vrouw van vlees en bloed: mijn gefantaseer over haar lichaam is niet lijfelijk genoeg geweest, en wie ze is weet ik niet. Op welke vrouw ben ik verliefd? August zou zeggen: 'Thomas, je denkt na over *alle* vrouwen, maar nooit over *één* vrouw.'

Wie is zij? Ze is nooit boos, meestal komt ze niet verder dan 'vrolijke verontwaardiging' (zoals in een romantische film); ze is door en door evenwichtig, zonder daarmee tot immobiele 'rijpheid' te vervallen; ze is beweeglijk, maar nooit op de vlucht; ze luistert naar me, maar haar geduld is gedoseerd: van de manier waarop ze 'onzin' kan roepen word ik meteen dromerig; ze is zo zelfstandig dat ze me niet nodig heeft, maar ze wil wel bij me zijn; haar grilligheden maken nooit inbreuk op de sfeer van een bepaald moment, maar onderzoeken op een wellevende manier de grenzen ervan; ze is charmant, als er brand uitbrak zou ze nog steeds geen taalfouten maken, maar ze blijft altijd ver van de truttigheid. Hoe, o hoe kan je de dochter zijn van een man als je vader?

Hoe kan je de dochter van wie dan ook zijn? Pagina's zou ik over je vol kunnen schrijven, Leontine van Nederkassel, maar ik heb het gevoel dat ze uitsluitend over mezelf zouden gaan. Ik moet meer over je weten. Waar ben je? Ik lig hier met een gebroken been in een bed en ik kan geen kant uit. Straks is het te laat, dan heeft Schless je ontdekt of jij hem en dan ben je voor mij verloren. Ik moet hier weg! Ik moet hier weg!

11 juni

Tot mijn verbazing verschenen Matthias, Caspar en Andrea vanmiddag aan mijn bed (de hele zaal was ineens vol met leren jacks); het zijn geen vrienden van me, het zijn misschien niet eens kennissen, en ik schrok, ik kreeg visioenen van agressieve sekteleden die aspirant-afvalligen bedreigen, maar natuurlijk was er van zoiets geen sprake. Matthias zei dat ze uit belangstelling kwamen, ze hadden de afdeling gebeld en Hessel aan de lijn gekregen, en nu stonden ze hier, met een zak kiwi's en keiharde noten die niemand ooit zal kraken. Ze leken alle drie uit hun verband gerukt, alsof ik had gedacht dat ze niet vrij konden rondlopen. Caspar was zoals altijd de zwijgzaamste; hij kijkt me aan alsof hij zijn best doet me aardig te vinden en maar niet kan begrijpen waarom hij daartoe niet in staat is; zal welke heilsleer dan ook ooit met het verschijnsel 'karakter' kunnen afrekenen? Andrea droeg een maillot (alsof ze trots is op haar dunne benen) en een oude plooirok die ik met de jaren dertig associeer. Ze vond mijn situatie vanzelfsprekend, want ze zei: 'Dit zijn de dingen die op de juiste momenten gebeuren, dit zijn signalen.' Matthias sprak haar tegen, want het denken in 'symbolen en signalen' verried volgens hem een vorm van 'magisch denken' die 'ontstegen' diende te worden (ik herinnerde hem maar niet aan de overvloedige beeldspraak die August had gebruikt) waarop Andrea bedaard antwoordde dat het 'gezeur over ontstijgen' weer 'ontstegen' moest worden. Ik ving een verbijsterde blik van mijn glazenwasser op, die mij de schuld scheen te geven van de eigenaardigheid van mijn bezoekers, en om hem dwars te zitten vroeg ik: 'Ik weet niets van de praktijken van jullie sekte. Moeten jullie betalen? Hebben jullie verplichtingen?' Matthias ontkende dat er sprake was van een 'sekte', maar hij beloofde dat hij me erover zou vertellen, hoewel ik er rekening mee moest houden dat er weinig te vertellen viel, dat er 'steeds minder' te vertellen zou zijn als ik me goed ontwikkelde, en misschien voelde ik iets voor een Persoonlijk Onderhoud met August, want in sommige gevallen stond August aspirant-leerlingen toe om met hem alleen te zijn, en dat was een geweldige gebeurtenis – 'als je tenminste belangstelling hebt, Thomas, dat laat ik aan jou over'.

Ik wilde wel, ik was nieuwsgierig, sinds de dood van Jozi-asse sta ik weer dichter bij de wereld van August en zijn leerlingen, hoe hij er ook precies uit mag zien. Ik ken deze mensen nauwelijks, maar ik voelde me op mijn gemak (ondanks Caspar), ze zijn iets op het spoor, iets wat ook ik waardevol vind, al laat het zich niet benoemen; hun belachelijkheid is niet meer dan oppervlakkig.

Ze bleven niet lang. Er was verfrissend weinig normale conversatie; ze spraken onderling over 'voorlichtingsdagen' en ze citeerden uitspraken van August; ik begon ernaar te verlangen een paar dagen met hen door te brengen. Ik was blij dat ze vertrokken voordat Schless of een andere vriend binnenkwam; ik zou veel te veel hebben moeten uitleggen en zoiets is problematisch als er niet veel te verklaren valt.

Als ik uit het raam kijk voel ik me soms een bejaarde, onbeweeglijk als mijn lichaam, ver van 'buiten' verwijderd.

De onbegrijpelijke nabijheid van het lichaam.

('s avonds)

Schless zag er anders uit dan gewoonlijk, maar dat had met mijzelf te maken. Ik ervoer hem als een afgerond persoon -- nee, hij was Schless geworden, van kruin tot teen, niet langer een fenomeen waarachter zich iemand verdekt heeft opgesteld – iets dergelijks. Ik stond op het punt om hem over mijn ontmoeting met August te vertellen, maar ik heb me beheerst, ik kon de consequenties niet overzien, en daar komt bij dat ik zelf nog niet weet wat ik van plan ben.

Hij zag er mooi en sterk uit, hij was te voorschijn gekomen uit een wereld van frisse zeewind en vrouwen, maar ik bespeurde in zijn gedrag ook een vorm van aarzeling, een aangename terughoudendheid die zijn andere karaktertrekken mee-nuanceerde (ik weet het: een neologisme) en die ik tot vanmiddag over het hoofd moet hebben gezien; en ik bedacht dat goden er misschien om dezelfde reden een onuitgesproken voorkeur voor hebben de liefde met sterfelijke vrouwen te bedrijven: ze genieten van die bijsmaak van kwetsbaarheid, ze savoureren het vage accent van de wanhoop.

'De allereerste keer dat ik met een meisje naar bed ging', zei Schless tegen me (ik kan me het niet letterlijk herinneren, daarom parafraseer ik), 'was ik volkomen ontspannen, zoals een kind tegenover de dood, bij wijze van spreken. Ik wist niet wat er van me verwacht werd en ik ging onbevreesd aan de slag; maar op een dag begon ik het als een vorm van contact te zien en moest ik helemaal opnieuw beginnen.'

'In mijn zwartste ogenblikken', zei Schless, 'verdenk ik mijzelf ervan dat ik onder andere met Reedijk optrek omdat zijn nabijheid mijn optische vlotheid vergroot.'

Waarom vertelde hij me dit allemaal? Het is niet zijn gewoonte, hij laat veel achterwege. Vermoedelijk heb ik hem er niet eerder toe kunnen verleiden.

13 juni

De aantekeningen over Leontine herlezen. Wat ik ook schrijf, het levert een ideaalbeeld op, en de nuances gaan verloren. Ik sprak al verlangend over de mogelijkheid iemands wezen in een enkele formulering vast te leggen, maar zoiets is onmogelijk, de samenvatting is de zoveelste vorm van 'magisch denken', zoals Matthias zou zeggen, het is weer een vorm van abstractheid, en ik moet voortaan concreet, concreet, concreet zijn.

14 juni

De voorlaatste keer dat mijn vader ter observatie in het ziekenhuis lag, heb ik hem wèl bezocht; het bezoek stond mij vandaag weer helder voor de geest.

Ik zit aan zijn bed, we zijn uitgepraat – ik heb alweer geen vriendin en het stralende winterweer is van alle kanttekeningen voorzien. Ik blader de krant door die over het voeteneind ligt uitgespreid; af en toe formuleer ik afgezaagd snijdende commentaren op het nieuws ('de duizenden belangstellenden hinderden in ernstige mate het bluswerk' – 'hoe is het in godsnaam...') waar mijn vader niet op reageert. Hij is moe de laatste weken, hij vergeet soms zelfs om mij te bekritiseren; mijn moeder maakt zich zorgen omdat ze gedeprimeerd is, of andersom. De hand van mijn vader ligt in een van de plooien van de deken, naast het restant van zijn sterke lichaam; ik weet dat ik die hand stevig beet moet pakken en iets tegen hem moet zeggen, dat ik met hem meeleef, dat we weliswaar niet samen ziek kunnen zijn maar dat hij er toch ook weer niet helemaal alleen voor staat. Ik vraag: 'Wil je nog een glas water?' De bezoekers bij de andere bedden praten en lachen luidruchtig; ik kan vanuit mijn positie drie verlaten voetbalvelden zien liggen, onbeweeglijk onder de witte zon, de doelen ontdaan van hun netten.

Op het nachtkastje staat een rond doosje met zuurtjes, en het beeld van dit onaangeroerde blikje is mij bijgebleven, alsof de afwezigheid van mijn vader begon met de aanwezigheid van de dingen die hij niet meer aanraakte.

Waarom heb ik niet beter naar mijn moeder geluisterd?

We gaan meteen de stad in voor een nieuwe hoed. Ik zie hoe hij naast mij loopt – hij heeft nog anderhalf jaar te goed, maar ik ben ervan overtuigd dat we zijn laatste winter ingaan (al hebben we dat vorig jaar en het jaar daarvoor ook al gedacht).

'Vreemd,' zegt mijn vader zonder merkbare emotie, terwijl hij zijn nieuwe aankoop betast, 'ik zal hem niet meer vuil kunnen maken.'

Hij verbaast mij in deze periode met zijn afwisseling van zwartgalligheden en vriendelijke naïviteiten: 'als ik dood ben kunnen jullie me gewoon bij de vuilnisbak zetten', 'ik zal het niet meer beleven dat we die Castro aan de haaien opvoeren, maar ik heb mijn bijdrage geleverd', 'afgezien van mijn oudste zoon ben je de grootste idioot die ik heb meegemaakt' en dergelijke. Zijn taal raakt geleidelijk doortrokken van de afvalstoffen in zijn bloed; ik vergeef hem, maar ik geloof niet dat ik veel vergeten ben; alles schijnt terug te komen, deze dagen, er is niets verloren gegaan. Wat moet ik ermee? Voor één keer had ik naar mijn moeder kunnen luisteren.

Laatst had ik een duidelijke herinnering, omdat ik ergens de telefoon hoorde overgaan (ik moet reconstrueren): na de halfgelukte poging mijn moeder te kalmeren ga ik op mijn bed liggen, en ik denk na over de kleren die ik naar het feest zal aantrekken. Mijn vader ligt weer in het ziekenhuis; ik probeer me hem voor te stellen, ik roep het blik zuurtjes te hulp, de glanzend gepoetste schoenen in de kast, de dialyseapparatuur, maar ik voel geen medelijden. Er zijn drie of vier meisjes die ik vanavond hoop te zien, mijn liefdesleven is zich ondanks de doorbraak met Jeanette blijven voortslepen (op twee magere succesjes na) terwijl mijn lustfantasieën zich intussen van het gehele westelijke halfrond meester hebben gemaakt. Ik heb het gevoel dat mijn tijd begint op te raken, en ik kan nog altijd niet tegen drank: drie- of viermaal per week ben ik misselijk, soms met gevolgen, maar ik weiger deze fysieke eigenaardigheid te accepteren. Viktor bestaat al, maar Leontine nog niet; het is een duister tijdperk.

Hessel komt mij tegen elven ophalen. Ik vertel niet dat mijn vader weer in het ziekenhuis ligt, want het is de zoveelste keer en wat zou Hessel moeten antwoorden? Ik heb trouwens geen behoefte aan zijn belangstelling, want ik zou me er alleen maar schuldig over voelen dat ik me niet voldoende zorgen maak. Hij praat over zijn afstudeerscriptie, maar ik luister nauwelijks. 'Keynes,' merk ik op, 'Keynes, had die geen Russische vriendin?'

Tegen middernacht zijn mijn waarnemingen ongetwijfeld al instabiel geworden. Viktor is er ook, en tientallen, honderden verenigingsgenoten. Schless wordt om de haverklap aangesproken door meisjes die een vuurtje willen, mijn keel is stroef van de rook, mijn stembanden voelen gebarsten aan omdat de banaalste mededelingen over de muziek heen geschreeuwd moeten worden; ik ervaar een ritmische, wellustige eenzaamheid. De voorhoofden van de dansende meisjes zijn vochtig en ik verleid hen in bijkeukens en op slecht verlichte zolders; een jongen met een vette rug zegt iets tegen me, de lampen boven de bar weerspiegelen in zijn bolle glazen. Ik wil blijven en ik moet hier weg, Schless zwaait naar me. Hoeveel van die uitzichtloze avonden zal ik hebben meegemaakt?

Geagiteerd door de drank slaap ik vermoedelijk laat in, misschien begint het al licht te worden. De telefoon bevindt zich dicht bij mijn hoofd, in de gang, en als hij overgaat ontwaak ik meteen en vervloek ik de onverlaat die om halfzeven durft te bellen. Het rinkelen houdt aan, pas na lange tijd houdt het op, maar het begint meteen opnieuw. Ik druk mijn vingers in mijn oren en ik hoop dat iemand anders opneemt, maar er gebeurt niets, elk signaal marcheert door mij heen en ik kom met een ruk overeind, vooruit, ik zal het deze keer zelf maar doen, en ik stap duizelig mijn deur uit, 'Stein', schreeuw ik in de hoorn, 'dit is geen tijdstip om te bellen', en ik hoor iemand huilen: het is mijn moeder, en haar door gesnik vervormde mededeling gaat als een koude windvlaag door mijn lichaam.

15

Zijn de mensen dan onwetend wanneer ze beweren: 'Vandaag is de lucht helderder dan gisteren?'
WITTGENSTEIN

Toen de auto voorbij was bleef een diepere stilte als een hekgolf in de Lutherstraße achter. Thomas lag boven op zijn bed met zijn armen onder zijn hoofd, en hij keek naar het door de vitrage gefilterde licht van de zondagmiddag, dat vermoeid en flets was maar een restant van scherpte had behouden, alsof van een krachtig ingrediënt de smaak bijna was vervlogen. Het kon een uur of drie zijn, maar ook later; zijn horloge bevond zich onbereikbaar ver weg in de badkamer, en hij voelde een loom genoegen bij de gedachte aan de diffuusheid van het tijdstip, die zich aan hem voordeed als een expansie van de ruimte. Het raam stond open, er was geen wind en er bewoog niets. Hij was vandaag alleen met zijn onzichtbare been, met zijn traag kloppende hart, met de koele huid van zijn wangen. Hij greep naar het glas op het nachtkastje en probeerde te drinken door alleen zijn hoofd licht op te tillen, maar een deel van het koude water kwam via zijn kin en zijn hals op het hoofdkussen terecht.

Uit de diepte van het huis kwam een stilte die de lucht verzadigde, alsof ze tot substantie was geworden. Hij was niets meer van plan, geen enkele tijdsbesteding zou de inertie van deze dag kunnen doorstaan. Zelfbevlekking misschien? Hij knoopte zijn broek los, maar nog voor hij zijn lid had aangeraakt constateerde hij al een totaal gebrek aan wellust.

Hij probeerde zich naakte vrouwen voor de geest te halen, maar ze kregen geen gezicht en bleven onpersoonlijker dan karton. Een mens kon eigenlijk niet niets doen. Hij draaide zijn hoofd opzij naar het nachtkastje waarop een boek moest liggen, maar het was er niet en het maakte ook niets uit: romanstof was het en tot romanstof zou het wederkeren. Als zijn moeder van haar wandeling terugkeerde zou ze hem verdroogd, verschrompeld en geurloos op het bed aantreffen.

Hij kwam overeind en zette met enige krachtsinspanning zijn gipsen been op de grond. Uit de bovenste la pakte hij zijn sigaretten en ontstak er een. Hij inhaleerde zorgvuldig en ervoer een lichte vreugde over het feit dat hij tenminste nog een behoefte had. Hij zou Leontine kunnen opbellen, of een brief aan August schrijven, waarmee hij zich, afhankelijk van het verloop van de brief zelf, als leerling zou aanmelden of niet. Hij zou zijn moeder tijdens een intensief, uren durend gesprek kunnen uitleggen waarom hij zou stoppen met zoeken (en de vermoeide blik waarmee zijn moeder hem aankeek scheen zo echt dat het leek alsof hij hem niet zelf bedacht had). Hij zou Schless kunnen vragen of hij een paar dagen kwam logeren, zodat ze herinneringen aan zijn Haagse zolderkamer konden uitwisselen.

Hij pakte zijn stokken en werkte zich overeind, en bij het raam gekomen schoof hij de vitrage opzij. De auto's stonden langs de stoep alsof ze voor de rest van de geschiedenis vastgeschroefd waren. Boven op een stenen muurtje zat een kat te wachten op iets onwaarschijnlijks, iets wat deze dag niet kon bieden en misschien geen enkele dag.

Hij leunde op de vensterbank en keek omlaag, naar het grindpad dat van de voordeur naar het tuinhek liep. Hij kreeg de indruk dat de hoeveelheid grind precies juist was en dat het pad geen centimeter breder had mogen zijn. Het hek stond op een kier: ook dat klopte volmaakt. Hij stak zijn hand in de klimop die het raam omlijstte en trok er een blaadje af – het had nog juist een geur, maar zo ijl dat hij zich in de buurt van de fantasie bewoog. Hij liet het los en keek hoe het naar de grond dwarrelde en precies op de grens van het gras en de linkerrand van het pad terechtkwam.

Hij ging weer op bed liggen, en de gedachten buitelden over elkaar tot ze een amorfe, wriemelende massa hadden gevormd. Er was niets om over na te denken.

Het was alsof zijn eigen naam hem terugriep. Hij opende zijn ogen en luisterde: misschien had hij gedroomd. Hij hoorde de trap kraken en wachtte tot er op de deur geklopt werd. 'Thomas?' Zijn moeders stem klonk bedeesd, alsof ze een groot bedrag kwam lenen.

Hij overwon een weerstand die hij niet begreep en antwoordde: 'Ja.'

Ze had haar jas aan, als iemand die alvorens te vertrekken nog even komt groeten. 'Het was heerlijk buiten. Wat jammer dat je niet mee kon.'

Thomas kwam overeind en zijn moeder schoof het kussen achter zijn rug. 'Je zit hier een beetje somber te worden. Waarom bel je je vrienden niet?'

'Soms', zei Thomas, terwijl hij zelf niet zeker wist of hij serieus was, 'moet je een man alleen laten met zijn gedachten.'

'Daar kan geen enkele man tegen', zei zijn moeder. Ze ging op de rand van zijn bed zitten en bestudeerde zijn gezicht alsof ze het zelf gemaakt had en helemaal vergeten was dat Thomas inmiddels bij bewustzijn verkeerde. 'Je bent niet veranderd', zei ze op tevreden toon. 'De mensen veranderen niet.'

'Dat denken alle ouders,' zei Thomas, 'zo snijden ze de wereld op maat.'

Ze verschikte iets aan zijn haar en keek naar het geopende raam. 'Hoe bedoel je?'

Thomas had alweer spijt van zijn opmerking die hem dwong tot het formuleren van een toelichting. Hij was niet in de stemming voor discussies. Iedere gedachtenwisseling zou verloren gaan in de uitgestrektheid van deze zondagmiddag – hij was zelfs te verveeld om zich op niveau te kunnen vervelen. En hij kende haar te goed: ze stortte zich vastberaden in een gesprek, maar op de beslissende momenten luisterde ze niet.

Alsof hij plotseling was ontwaakt zei hij: 'Integendeel mama. Er verandert zoveel, de laatste tijd... ik ben tot belangrijke nieuwe inzichten gekomen.'

Zijn moeder maakte de bovenste knoop van haar jas los. 'Welke nieuwe inzichten, lieve jongen?'

Hij wist het niet, maar als hij nu niets zei zou hij haar nooit meer iets vertellen. Er zat een vrouw van bijna vijftig jaar oud op zijn bed: zijn moeder. Haar man was overleden en haar enige kind woonde op honderden kilometers afstand. Ze had er recht op om samen met hem in zijn ziel te kijken. Hij zei: 'Dat de dingen zijn zoals ze zijn en dat je ze daarom voortdurend niet begrijpt.'

'Ik begrijp niet wat je zegt, lieverd.'

'Het is gecompliceerd in al zijn eenvoud', zei Thomas. 'De centrale vraag luidt: bewijst dorst het bestaan van water?'

Zijn moeder produceerde de blik die hij reeds voorzien had; het leek alsof zij koortsachtig nadacht, op zoek naar ervaringen die overeenstemden met wat zij zojuist gehoord had. Ze dwaalde door de opslagplaats van haar geheugen en vond niet wat zij zocht. 'Laten we gezellig beneden thee gaan drinken,' zei ze, 'dan praten we daar verder. Günther begint te denken dat je hem niet mag.'

'Ik ben nog niet klaar, mama. Luister. Ik heb een wijze man

ontmoet die me duidelijk maakte waarom we voortdurend ontevreden zijn.'

'Wie is er ontevreden? Ik ken een heleboel tevreden mensen.' Ze legde haar vingers bij de volgende knoop, maar ze maakte hem niet los.

'Aan de *oppervlakte*, mama, maar daaronder zijn we ongelukkig. De onwetendheid is een stuwdam waarachter zich het water van ons lijden verzamelt. Snap je wat ik bedoel? We moeten tot inzicht komen.'

'Wat is dat voor onzin? Waarom begin je plotseling over stuwdammen? Je probeert me in de war te brengen met die idiote vergelijkingen. Toen je nog klein was schreef je verhalen over heidenen die tot de Here Jezus werden bekeerd. Wat is er gebeurd met dat jongetje?'

Thomas kon zijn ongeduld niet verbergen. 'Ik probeer iets te *tonen* zonder het te *beweren*. Ik wil dat je het allemaal vóór je ziet.'

'Wat ik voor me zie is een jongeman die oververmoeid en in de war is. Je moet je vrienden vragen of ze komen logeren.'

'Je vervalt in herhaling, ma. Je luistert niet naar me.'

Zijn moeder schudde haar hoofd. 'Je was altijd een eenzelvig kereltje. Het is een erfelijke kwestie. Je grootvader heeft eens een paar maanden voor het raam zitten zwijgen. Daarom maak ik me zorgen. Ik wil dat je een makkelijk leven leidt.'

'Waarom zou je makkelijk leven? Welke verdienste schuilt daarin? Op een dag lig je op je sterfbed met het gevoel dat je niet gezien hebt wat er te zien was. Kun je je een ergere kwelling voorstellen? Op je doodsbed nog altijd onbevredigd en onrustig zijn?'

Zijn moeder stond plotseling op en liep geschrokken van het bed weg. 'Je hebt het van mij. Ik had geen kind op de wereld moeten zetten.'

Thomas plaatste zijn handen op enige afstand van elkaar en kromde ze alsof hij een groot, bolvormig voorwerp vasthield. 'Ik probeer met je te praten. Je moet je geen zorgen over me maken. Ik ben juist in ontwikkeling.'

Ze maakte de overige knopen los en trok haar jas uit, die ze zorgvuldig van pluisjes ontdeed voor ze hem over haar arm legde. 'Je gaat toch niet bij een sekte?'

'Denk je dat ik gek ben? Ik wil leren sterven.'

'Maar je bent pas vijfentwintig. Waar haal je die onzin vandaan? Weet je niet meer hoe je vader stierf?'

'Dat is het nu juist, mama, dat is precies waar ik over spreek.'

'Ik begrijp niets van wat je zegt en ik wil het niet begrijpen. Ik had de laatste jaren beter op je moeten letten. Toen ik zo oud was als jij had ik het gevoel dat de hele wereld op mij lag te wachten.'

'De wereld wacht op niemand, mama. En toen jij zo oud was als ik had je mij al en lag je hele dagen met een depressie op bed.'

Haar bovenlip werd strak, alsof ze een hinderlijke trilling wilde onderdrukken. 'Dat is onzin, Tommie, dat is gemeen. Ik wilde dat je een heerlijke jeugd had.'

'Noem me in vredesnaam geen Tommie.'

Zijn moeder keek verslagen. 'Waarom niet? Wat is er nu weer?'

'Ik weet het niet. Het is niet langer mogelijk.'

Zijn moeder schudde haar hoofd. 'Ik ga thee zetten.' Ze liep de kamer uit, maar liet de deur openstaan, zodat Thomas des te duidelijker haar voetstappen de trap hoorde afgaan, in een bizar, ongecontroleerd ritme, als van iemand die sneller loopt dan eigenlijk tot de technische mogelijkheden behoort.

In de slaapkamer van Günther en zijn moeder nam hij de hoorn van de haak en draaide het nummer van Schless' huis. Er werd veel sneller opgenomen dan hij verwacht had, en toen Schless zich geïdentificeerd had kostte het Thomas moeite om zijn naam te noemen.

'Ben je daar eindelijk, idioot? Waarom belde je niet eerder?'

Thomas zuchtte. 'Geen idee. Ik hou niet van bellen.'

'Ik word moe van die koketterie', zei Schless. 'Hoe gaat het met je been?'

'Ik geloof', zei Thomas, 'dat ik in een crisis verkeer.' (Op het moment dat hij het woord 'crisis' uitsprak voelde hij dat zijn lichaam zwaarder werd.)

Schless begon te lachen. 'Hoe zei Camus dat ook alweer? Er zijn niet alleen...'

'Hou alsjeblieft op,' zei Thomas, 'we moeten serieus praten.'

Het werd stil vanuit Nederland. Eindelijk zei Schless: 'Gaat het over vrouwen?'

'Ik weet niet waar het over gaat,' zei Thomas, 'het gaat eigenlijk nergens *niet* over.'

'Het valt niet mee om ernstig te blijven,' zei Schless, 'maar ik begrijp dat ik verplichtingen heb.'

'Je bent vrij,' zei Thomas, 'maar ik zou ook kunnen beweren dat je nooit vrij bent.'

'Verhelderend,' zei Schless, 'maar wacht even, dan pak ik er een sigaretje bij.'

Thomas hoorde een paar seconden niets. Hij probeerde zich voor te stellen dat honderden kilometers hem van zijn vriend scheidden. Hij zag voor zich hoe Schless alle laden van zijn bureau opende en niets vond, en dat had iets aandoenlijks, alsof hij wel moest meeleven met de vergeefsheid van deze kleine speurtocht.

'Daar was ik weer,' zei Schless plotseling, 'crisis had je het over.'

'De crisis bestaat hierin,' improviseerde Thomas, 'dat mijn verbale vaardigheden voor het eerst tekortschieten om mijn moeilijkheden te beschrijven.'

'Dan gaat het over seks.'

'Luister, Dolfuss. Ik heb nooit werkelijk geleefd. Ik was er al die tijd niet. Terwijl ik in afwachting was van God mag weten wat ging de tijd voorbij, en ondertussen bestond ik niet. Je mag mijn pathos belachelijk maken. Prima, ga je gang. Weet je waar ik het over heb?'

De zon brak door, als een late toegift. De stofdeeltjes die in de lichtbaan zweefden deden Thomas denken aan minuscule zeepaardjes.

'Nee', zei Schless na een tijdje.

'Zo hoort het ook', zei Thomas.

Het werd weer stil aan de andere kant. 'Ga verder. Vertel over je crisis. Je bestond niet, zei je.'

'Vind je dat grappig?'

'Nee', zei Schless. 'Ja. Ik weet het niet.'

'Op een dag', zei Thomas, 'leg ik het je allemaal uit. De telefoon is geen goed medium. Hoe is het met Leontine?'

'Heb je haar niet gebeld?'

'Nee.'

'Je bent echt een idioot', zei Schless met de kalme overtuigdheid van een nieuwslezer. 'Moet ze soms op je wachten?'

'Ik heb er geen mening over', zei Thomas.

'Ik vergat even dat je een crisis hebt. Maar wat nu?'

Ditmaal had Thomas geen flauw idee wat hij moest antwoorden, en hij keek naar de stofdeeltjes en hij verlangde ernaar ze te kunnen tellen – rustig de tijd nemen, tellen en natellen, totdat hij absolute zekerheid had verkregen.

16

'...een cyclisch proces', beëindigde Reedijk een zin die verder onverstaanbaar was gebleven.

Thomas zat terzijde, op een van de weinige stoelen, voor de laatste dag vergezeld van zijn gipsen been dat op een klein bankje rustte, en met twee krukken op grijpafstand. Er drongen fragmenten van gesprekken tot hem door, uit de koers geraakte strofes die zich verbonden tot een nieuw, hybridisch gedicht. De bezoekers begonnen elkaar langs de wanden van Schless' kamer te verdringen, omdat het centrale gedeelte in beslag genomen werd door studenten die met glimmende gezichten en hoekige ellebogen rondsprongen op het ritme van de op oorlogssterkte gedraaide muziek. Schless stond op een geconstrueerde verhoging, omringd door zijn nieuw aangeschafte apparatuur, terwijl hij zijn verjaardagsvisite met een mengeling van geamuseerdheid en neerbuigende nieuwsgierigheid bekeek. Thomas herkende deze blik, ondanks het gedempte licht, en hij wist niet goed of hij Schless erom bewonderde of veroordeelde. Hij zocht zijn andere vrienden: Reedijk was in gesprek met Viktor, en Hessel stond een paar meter verderop naar de dansers te kijken, zijn haar zachtroze in het met zweet, rook en lawaai verzwaarde licht. Leontine was er nog altijd niet; weken waren zonder contact voorbijgegaan. Viktor had beloofd dat ze zou komen, en steeds als Thomas haar meende te herkennen in het achterhoofd van een meisje of aan een plotseling opduikende spijkerbroek sloeg zijn hart een slag over. Was hij nog verliefd op een bestaande persoon of hadden zijn fantasieën zich inmiddels met achteloos gemak verzelfstandigd? Hij probeerde zich haar gezicht voor te stellen, maar het was alsof hij het door een dikke laag plastic heen moest waarnemen – zij was het waarschijnlijk, maar alleen omdat hij het wist.

'...is nog niet tot hen doorgedrongen,' zei een onzichtbaar iemand tijdens de stilte die op een nummer volgde, 'zullen ze ook nooit begrijpen.'

'Hoe gaat het met je?' vroeg Hessel. Hij reikte Thomas een biertje aan en hurkte naast hem.

'Je gaat de maatschappij in', zei Thomas lusteloos, terwijl hij Hessel vanuit zijn stoel toeknikte.

'Wat zeg je?' Hessel bracht zijn oor naar Thomas' mond; de muziek was nog harder gezet, een snel nummer met dreunende geluiden die de toch al povere melodie overwoekerden. De zanger stelde een niet bij name genoemde vrouw verschillende verlokkingen in het vooruitzicht voor het geval dat zij haar lot met het zijne wenste te verbinden.

'De grote boze maatschappij', schreeuwde Thomas. 'Blij met je baan?'

Hessel kreeg een gespannen uitdrukking op zijn gezicht, alsof zijn gedachten tegen de stroom van het rumoer moesten oproeien. '...te snel gegaan,' riep hij na een tijd, naar de dansers kijkend, 'en ik ben nog...' – de rest van de zin ging verloren.

'Ja', riep Thomas. Zijn hoofd voelde aan alsof het was leeggezogen door een stofzuiger van geluid.

'En dan al die afwisseling,' riep Hessel, 'vrienden met gebroken benen van de vloer... zal ik allemaal moeten missen.'

Thomas keek naar de woestenij van lichamen als naar iets onbereikbaars: opgesloten achter de tralies van zijn harde witte been kon hij de anderen zien bewegen. Ons zelfvertrouwen, dacht hij, altijd tere, jonge aanplant. Wat zou er gebeuren als ik mijn been plotseling helemaal zou moeten missen? Ik zou afwisselend huilerig en cynisch worden, veelvuldig over mijn ontbrekende lichaamsdeel spreken, een vorm van omgekeerde verdringing, iets verstoppen door het zichtbaar te maken. Ik zou een veel te dikke, verongelijkte, egocentrische, narcistische autobiografie schrijven. Ik zou kort voor mijn veertigste verjaardag sterven.

Hij greep zijn krukken, hees zich moeizaam overeind en waadde door het feest, op weg naar het toilet. Hij sloot de deur met zorg en draaide de knop om. Aan de buitenkant van de dingen blijven, dacht hij, aan de kant waar op korte termijn geen gewonden vallen.

De geluiden van het gezelschap drongen nu op een enigszins navertelde manier tot hem door. Hij was nog steeds niet gewend aan het gedrag van zijn been, dat een hekel had aan kleine ruimtes; het liet zich niet opvouwen of om een hoek wringen. Thomas bekeek het voor de zoveelste maal nauwkeurig: ergens onder die harde, vuilwitte laag bevond zich iets wat van hem was, daar stroomde zijn bloed, daar waren vlees en vet van hemzelf. Hij klopte met zijn knokkels op het gips om de gedachte tot volle wasdom te brengen, maar verder dan een gedachte kon hij niet komen – zelfs zijn eigen lichaam schepte er genoegen in hem deze les te leren. Hij riep een paar maal zijn naam door de kleine ruimte, Thomas Stein, drie lettergrepen waarmee hij vergroeid was, de hoge o-klank, de vertraging vlak voor de dubbele s, die als een enkele s werd uitgesproken, en het afgebeten tempo van zijn achternaam, en het geheel gesmoord in een ontluisterend doffe echo.

Hij was ontevreden, en hij stelde zich voor dat hij bij een therapeut op bezoek was. 'Ik ben niet depressief,' zou hij hem uitleggen, 'ik ben geen nihilist, en ik heb ook geen zelfmoordneigingen. Ik ben in vele opzichten normaal en gezond. De problemen van gezonde mensen zijn misschien moeilijker te begrijpen dan die van zieke. Wij, gezonde mensen, worden wat dat betreft verwaarloosd.' (Hier knikt de therapeut, buitengewoon vaag, maar Thomas heeft het gezien.) 'Jaar in jaar uit worden we gedreven door behoeften waarvan we inzien dat ze afgeleid zijn, maar waarvan? We verlangen naar drukte en gezelschap (of juist naar totale rust), amusement, seksuele successen, complimenten, erkenning, zelfontplooiing, en zo kunt u nog wel wat behoeften opnoemen – maar hoe zou je met al deze eigenaardige wensen moeten omspringen?' (De therapeut steekt een filterloze sigaret op.) 'Het is hier helaas geen Voor-Indië, anders konden we in de bossen gaan zitten wachten tot de Verlichting ons deelachtig werd – en trouwens, wat we doen moet gedaan blijven worden, maar op een andere manier, want we hebben verantwoordelijkheden. We stikken in het vuil en we bedreigen elkaar met de dood, dus afzondering en navelstaren kunnen geen oplossing bieden. Eerlijk gezegd wacht ik ergens op, terwijl ik weet dat wachten zonder betekenis is. Wacht u ergens op?' (De therapeut drukt zijn sigaret alweer uit en zwijgt, als een volwaardig vertegenwoordiger van zijn beroepsgroep. Hoe is het mogelijk dat hij zijn mond houdt tijdens deze vloed van bekentenissen?)

Thomas' monoloog vervluchtigde. Via de gang kwam hij in Reedijks kamer terecht, waar het volume van de muziek min of meer te verdragen was. Verspreid op de vloer zaten studenten bij kaarslicht te roken en gedempt te praten, hun gezichten gedeeltelijk verlicht als de maan in het laatste kwartier. Toen hij voorbijliep keken ze kort naar zijn been, maar ze zeiden er niets over. Hij nam plaats op een stoel bij de halfgeopende tuindeuren. De zomer liep ten einde, en de warmte van de laatste maanden lag nog dik en vergeten als een reservedeken op het gras.

In de belendende kamer werd geschreeuwd en gelachen; naar het gedreun en gestamp te oordelen werd er door tientallen mensen gedanst. Hij voelde zich invalide, zoals toen Leontine aan zijn bed zat en er hulpeloosheid in de strepen van zijn pyama was getrokken.

Misschien zou ze sneller verschijnen als hij niet naar de deuropening keek. Hij probeerde zijn gedachten naar andere onderwerpen te verplaatsen, maar hij onderzocht bijna iedere minuut het gedeelte van de gang dat hij vanuit zijn positie in de gaten kon houden. Wat moest hij zeggen als ze kwam? Hij begon half en half te wensen dat ze wegbleef, want hij kon zijn weken aanhoudende zwijgen niet verklaren.

Hij strompelde wat door de tuin, de punten van zijn krukken ritselden in het gras. Vanuit het donker hoorde hij stemmen die omzichtig als baltsende dieren om elkaar heen bewogen. Wat moest hij doen? August bezoeken? Wachten op een inzicht dat hem asymptotisch bleef naderen? Hij was vijfentwintig jaar oud, en het werd tijd voor een beslissende wending.

De intense geuren van de kamperfoelie benevelden hem, en hij liet zich op de grond vallen (hoe moest hij in godsnaam ooit weer overeind komen?). Hij probeerde niet langer na te denken, en steunend op zijn ellebogen keek hij om zich heen. Een lichte kou streek langs zijn rug, de aankondiging van middernacht, en het leek alsof een herinnering hem rakelings passeerde. De stemmen trokken zich terug en hij voelde het bloed in zijn hoofd. Het kloppen van zijn hart was in zijn hele lichaam merkbaar, een regelmatige, duwende beweging die de verste uithoeken van het stelsel met elkaar verbond. Zijn hoofd wankelde tussen zijn schouders, als bij een reiziger die over een hek leunend in een afgrond staart. Hij fantaseerde dat zijn lichaam zich op een dag naar alle zijden zou uitbreiden, het zou de nerven van boombladeren en de wortels van planten binnendringen, het zou over de bodem van de oceaan kruipen, het zou met de vogels mee langs rivieroevers vliegen – vederlicht zou het worden als het maar voldoende gewicht had.

Hij strekte zich uit op zijn rug, en zijn lichaam werd rustig en zwaar, het zou zo zwaar moeten worden dat de aarde week onder zijn druk. Nergens meer op wachten, dacht hij, iedere seconde verzadigd van zichzelf. Hij sloot zijn ogen en opende ze onmiddellijk. Op het zwarte plateau recht tegenover hem zag hij de sterren, sommige zo zwak dat ze bedacht leken, andere zo helder dat ze zwijgend om aandacht schreeuwden.

'Thomas? Wie gaat er nu met een gebroken been op de grond liggen?'

Hij werkte zijn bovenlichaam overeind, maar hij wachtte met antwoorden tot het moment dat Leontine zijn naam voor de tweede maal had geroepen. Ze stond een paar meter van hem vandaan.

'Leontine', zei hij. In zijn stem vochten verschillende emoties om de voorste plaatsen: opwinding, angst, opluchting, verliefdheid en verder een eigenaardig soort weemoed.

Ze kwam naast hem zitten. Het licht uit Reedijks kamer was zo zwak dat hij haar zonder haar stem nog altijd niet herkend zou hebben. 'Je bent weer terug', zei ze. 'Wanneer gaat het gips eraf?'

'Morgen', zei Thomas. 'Het spijt me, ik heb al die tijd niets van me laten horen, en ik zou niet kunnen zeggen waarom niet.'

'Viktor zei dat je je moeder niet eens schrijft, dus waarom mij wel?'

De laconieke toon van haar stem overtuigde hem niet helemaal. 'Ik was het van plan,' zei hij, 'ik had willen bellen en schrijven.'

Leontines stem klonk berustend. 'Het geeft niet, ik heb het ook niet gedaan.'

Thomas zei niets. Vanavond moest er iets met hen gebeuren: als ze geen vorderingen maakten was het te laat, hun volgende ontmoetingen zouden krampachtig en overbodig worden. Ze was warm en bereikbaar, deze seconde. Hij bad om de een of andere impulsieve handeling.

Er ritselde iets in de struiken achter hen – een kat waarvan de kop onderzoekend tussen de bladeren verscheen. 'Kom maar', zei Leontine. Ze draaide zich half om en plaatste haar hand met de handpalm naar boven uitnodigend in het gras. 'Kom maar bij me,' zei ze, 'ik zal je even verwennen.' De kat kwam tussen hen in zitten, en Thomas begreep dat zijn verlosser was gekomen. Terwijl Leontine het beest over de kop streelde aaide hij de rug, en zodra het begon te spinnen legde hij zijn hand op de hare. Ze liet hem begaan, en ze ging zachtjes door met strelen, met gelijkmatige bewegingen, alsof ze wilde voorkomen dat Thomas' hand van de hare zou vallen. 'Ik dacht dat je zou schrijven,' fluisterde ze, 'ik had het idee... ik weet niet, in dat ziekenhuis...'

'Ja,' zei Thomas, 'ik wist niet wat ik moest doen. Ik was in de war.'

'En nu? Weet je nu wat je moet doen?' Haar gezicht leek op een onverlicht landschap waarin je heuvels en dalen vermoedde zonder dat je iets kon zeggen over de hoogte en de diepte.

'Ik heb geen idee', zei Thomas.

Ze boog zich naar hem toe en kuste zijn lippen. Alle energie die bestond leek zich in zijn lendenen te hebben verzameld, en zijn bovenlichaam trilde als bij een wedstrijd touwtrekken. Hij trok haar onhandig met zijn vrije hand tegen zich aan (voor zover de kat tussen hen in dat toeliet) en hun tongen kronkelden om elkaar heen.

Ze maakte zich snel los uit de omhelzing en zei: 'Lieve help, wat ben je plotseling doortastend.'

Thomas leunde zwaar op zijn handpalmen, en omdat hij niet wist wat er nu moest gebeuren keek hij de kat na, die zich met een ontevreden geluid in de duisternis terugtrok. Zijn onderarmen deden pijn van de inspanning. 'Ik moet je iets bekennen', begon hij.

'Ach nee,' antwoordde ze, 'van wie moet dat?'

Thomas zei: 'Ik ben nog nooit in mijn leven zo...'

Ze kneep in zijn arm, met de vlugge zakelijkheid van een vroedvrouw. 'Je hoeft niets te zeggen. Ik ben blij dat ik je weer zie.'

'Nee,' zei Thomas gejaagd, 'als ik nu zwijg gaat er op de een of andere manier iets mis. Het is alsof er iets op de loer ligt.'

'Laten we elkaar weer zoenen, dat lijkt me beter.'

'Je moet nog een heleboel over me weten,' zei Thomas, 'je kent me niet. Je weet niet met wat voor vreemde kerel je in het gras zit.'

'En dat zeg je nu pas.'

'Ik probeer serieus te zijn', zei Thomas met een stem die hemzelf omfloerst voorkwam. 'Er is veel gebeurd de laatste maanden. Ik heb een wijze man ontmoet die me heeft geleerd dat we geen schimmen moeten najagen. Onze ego's zijn opgeblazen, we hebben miljoenen zinloze, onvervulbare wensen en we worden gekweld door onze rusteloze geesten.'

'Zijn dit de problemen van iedereen of alleen van jou?' Leontine veegde een lok uit haar gezicht, en Thomas' erectie begon pijnlijk te worden.

'Het probleem is universeel,' zei hij, (bij dat woord voelde hij zich meestal wel op zijn gemak) 'we zijn de slaven van onze radeloze behoeften, waarvan de bevrediging tot niets leidt. We zijn binnenstebuiten gekeerde Danaïdische vaten, we raken nooit vol. Maar we moeten juist leeg worden. De oude boeddhisten...'

Leontine onderbrak hem: 'Ik heb maar weinig gemerkt van jouw radeloze behoeften.'

'Die zaken liggen gecompliceerd', zei Thomas.

'Die zaken liggen zeer eenvoudig,' zei Leontine, 'je bent er of je bent er niet.'

'Ik kom nergens aan toe', legde Thomas uit. 'Mijn hersens lijken op de twintigste eeuw, er zit te veel geschiedenis in.'

Leontine begon te lachen. 'Zulke onzin heb ik nog nooit gehoord.'

Thomas liet zich op zijn rug zakken, want zijn armen begonnen dienst te weigeren. 'Het maakt niet uit of je me gelooft', zei hij. 'Ik was uit mijn evenwicht, maar nu ben ik sterker dan ooit.'

'Je bent weerloos, Thomas.'

Hij genoot ervan als zij zijn naam noemde, maar hij probeerde zich toch te concentreren. 'Nee,' zei hij, 'ik heb de problemen die bij mijn temperament passen.'

'Het is goed, Thomas.'

Ze boog zich over hem heen en pakte zijn hoofd tussen haar handen. Hij drukte haar tegen zich aan, hij was sterk en zwak tegelijk, hij wilde veel vertellen, maar niets daarvan zou voldoende betekenis hebben. Hij vroeg: 'Waarom ben je niet verliefd geworden op Schless?'

Leontine lachte. 'Schless moet nog geboren worden.'

'Hoe bedoel je?'

'Ik bedoel niet zoveel,' zei ze, 'dat past niet bij mijn temperament.'

Hij zoende haar in haar nek en ze streelde zijn wangen. 'De komende vijf minuten mogen we niets zeggen,' fluisterde ze, 'een experiment.'

'Ja', zei Thomas.

Ze lagen allebei op hun rug, en de hemel strekte zich boven hen uit. De Kleine Beer, dacht hij nog, de Berenhoeder, maar hij wist zich te bedwingen.

'Ik wil je iets laten zien,' zei Thomas, terwijl hij met de twee krukken onder zijn oksels naast Leontine door de gang kloste, 'de mooiste reproduktie die ik ken.'

'Het mooiste schilderij bedoel je?'

'Het schilderij ken ik niet. Ik kan alleen iets over de reproduktie zeggen.'

'Laten we gaan kijken', zei Leontine. Ze drukte zijn arm tegen zich aan, zoals tantes doen die met hun nichtjes iets gezelligs gaan ondernemen.

De muziek omringde hen als een storm. Schless' kamer was gevuld met een feestinsekt dat tot in de verste hoeken friemelde met zijn ontelbare poten.

'Het is op de derde etage', zei Thomas. Hij zette zijn hulpstukken tegen de muur; ondersteund door Leontine zette hij zijn gezonde been op de eerste traptrede en trok het andere achter zich aan. 'Nu is het niet ver meer', zei hij.

Ze begonnen allebei te giechelen, en Thomas riep: 'Hup.' Hij had zijn rechterarm om haar heen geslagen en hij voelde de warmte van haar lichaam. 'Een verre reis,' zei hij, 'maar we zijn tenminste bij elkaar.'

'Al die trappen oplopen voor een reproduktie?' zei Leontine. 'Wat ben je van plan?'

Thomas lachte. Hij draaide met zijn lichaam, trok aan zijn onwillige been, maakte af en toe wat geluid van de inspanning en gaf haar om de paar treden een zoen. Hij voelde geen normale opwinding meer, maar een wellustig trillen dat zich uitstrekte van zijn navel tot zelfs onder het gips, een oncontroleerbaar beven dat hem vanuit de lendenen commandeerde – deze verschrikkelijke lust was hem onbekend, alsof zijn lichaam ongebruikte registers had opengetrokken en hem met nieuwe mogelijkheden verraste.

Langer dan een geologisch tijdperk duurde de reis. Het feestrumoer nam langzaam af, alsof ze de aarde achter zich lieten. Ze liepen door een gang en bestegen de volgende trap (had hij zich niet vergist?) en Thomas kon niet geloven dat het Leontines warme gezicht was dat hij tegen het zijne drukte, dat het haar verrukkelijke lichaam was dat naast hem liep. Kamers aan zee! Ze wist natuurlijk wat hij van plan was, en ze ging met hem mee, ze klom aan zijn zijde naar een volmaakt, gemeenschappelijk avontuur – het was te veel om te geloven, maar hij geloofde het.

Ze bereikten de deur en lieten zich op de donkere vloerbedekking vallen. De ramen van de huizen aan de overkant gaven net genoeg licht om de reproduktie te kunnen zien, en ze konden elkaars gezichten bekijken. Hun lichamen waren in een aarzelende, met de schaduwstrepen van de raamsponningen gedecoreerde gloed gehuld.

'Schitterend, vind je niet?' zei Thomas.

'Ja,' zei Leontine, 'we hoeven zelfs het licht niet aan te doen.'

Hij lag als een zwaar, omgetrokken standbeeld in de schemering, en Leontine zat op haar knieën naast hem, kijkend naar *Kamers aan zee.* Vroeger zou hij een muur van woorden hebben gemetseld, maar nu lag hij hier met de vrouw van zijn dromen in een donkere kamer, en de gouden eeuw van de taal was voorbij.

Leontine boog zich over hem heen, en haar gezicht was zo mooi en zacht dat hij eerst niet hoorde wat ze vroeg: 'Waar denk je aan?'

'Ik lag eraan te denken', zei Thomas, 'wat ik vroeger allemaal gezegd zou hebben.'

'Wat zou je allemaal gezegd hebben?'

'Ik zou hebben gepraat uit angst. De taal zou de hartstocht hebben weggedrongen, of misschien zelfs vervangen.'

Leontine drong aan: 'Wat zou je gezegd hebben? Vertel eens!'

'Ik zou hebben gezegd', zei Thomas langzaam, 'dat ik je liefhad, dat mijn verlangen naar je zo groot was dat ik niet meer wist waar mijn geest eindigde en mijn lichaam begon.'

Ze ging met een vlugge beweging op zijn buik zitten. 'En verder?'

'Ik zou,' vervolgde Thomas, 'ik zou je lichaam zijn gaan strelen totdat...'

'Je zou hebben gepraat,' zei Leontine, 'want daar hadden we het over.'

Thomas werd ongeduldig. 'Waarom wil je dat allemaal weten? Ik wil niet praten.'

'Ik wil weten wat voor een vreemde kerel je bent', zei ze.

'Ik had het over vroeger', zei Thomas. 'Tegenwoordig ben ik volkomen normaal.'

'Misschien', zei ze. 'Vertel me iets over je wijze man.'

Thomas was in verwarring geraakt, want ze hadden weer te veel gepraat. 'Nee,' zei hij, 'dat doet nu niet ter zake. Het gaat om leegte, daar komt het op neer.'

Leontine zei: 'Vertel me over je wijze man en over de leegte.'

'Ik wil liever vrijen', zei Thomas.

'We moeten elkaar leren kennen,' zei Leontine, 'we hebben nog bijna geen woord gewisseld.'

Thomas kreeg een vreemde fantasie: ze zou door de kamer kunnen lopen terwijl hij zich achter haar aansleepte, tegengehouden door zijn trage linkerbeen, gedoemd tot de rol van schildpad; ze zou hem kunnen vernederen tot er niets van hem over was. 'Leontine,' riep hij, plotseling buiten zichzelf, 'laten we gaan vrijen, nu, hier. Ik verlang naar je.'

'Je overtuigt me niet', zei ze. Ze boog zich over hem heen en kuste de punt van zijn neus.

'Leontine,' zei hij koppig, 'ik hou van je.'

'Dat gaat de goede kant op,' zei ze, 'maar geweldig is het nog niet.'

'Maar wat wil je dan horen?' riep Thomas uit. Hij schrok zelf van de luidheid van zijn stem.

Ze gaf hem een zoen. 'Ik wil niets horen. Je laat je iedere keer weer beetnemen.'

En Thomas verloor zijn geduld. Hij knoopte haar blouse open en schoof de bh-bandjes omlaag. Leontines handen kwamen hem te hulp, het kledingstuk viel, hij omsloot haar donkere tepel met zijn lippen en tegelijkertijd slaagde hij erin de riem van haar broek los te maken. Vliegensvlug stond ze op en ontkleedde zich geheel – ze was naakt en glad als een godin, en Thomas bekeek haar een paar seconden ademloos. Hij schoof zijn wijde broek over het gips heen omlaag, zijn onderbroek lichtte op in het halfdonker. Hij streelde haar buik, haar dijen, ze zat wijdbeens boven op hem en hun monden zogen zich aan elkaar vast. Ze kwam nat en warm over hem heen. Hij omvatte haar billen met zijn handen en hij sloot zijn ogen. Ze bewoog, en ze zei een paar keer zijn naam. Hij was diep in haar, hij sprak haar naam uit, hij kuste haar borsten, kneep in haar voeten, hij wist niet meer waar hij moest beginnen of eindigen met aanraken en beetpakken en hij riep haar naam steeds zachter, alsof hij langzaam in een schemering weggleed.

Beneden zich hoorden ze het feest, verpakt in de dikke stof die de vloer bedekte. 'Ik hou van je', zei Thomas voor de zoveelste maal.

Er klonken voetstappen op de trap, maar ze verwijderden zich weer.

Ze lag naast hem, naakt in het schrale licht uit de huizen aan de overkant. 'Je bent lief', zei ze na een tijdje.

Tegen de ochtend vertrokken de laatste feestgangers, en Schless' kamer bleef achter als een plein na een volksopstand. Het werd langzaam licht. Ze luisterden naar trage muziek en dronken koffie. Schless had positie gekozen voor het raam en zei: 'Het wordt een mooie dag, guur en winderig.'

Reedijk keek de kamer rond. 'Echt iets voor een foto', merkte hij op. 'Dat kan dus niets worden.'

Leontine zat op de leuning van Thomas' stoel, en van tijd tot tijd drukte hij een kus op haar knie. 'Het is jullie gelukt,' zei Schless, met een modderige glimlach in hun richting kijkend, 'het heeft jullie wat tijd gekost, maar goed, jullie zijn jong, then why such haste?'

Toen Hessel asbakken begon te legen zei Schless: 'Stop daarmee idioot, je bent geen student meer.'

'Er is niets veranderd,' zei Hessel met een ernst die precies bij het grauwe licht paste, 'ik ben niet ineens vijftig.'

'Wacht maar af', zei Schless. Hij begon sigaretten uit te delen, en hoewel Thomas' keel aanvoelde als een oude, ruwhouten vloer stak hij er weer een op.

'Je bent sexy als je rookt', zei Leontine in zijn oor. 'Er is iets met je handen. Eigenlijk hoef je helemaal *nooit* te praten.'

'Duifjes,' zei Schless, 'koeren in gezelschap is niet toegestaan.' Hij schoof de ramen wijd open, en terwijl de kou van de ochtend zich door de ruimte verspreidde keek Thomas naar het plafond dat hem enige maanden geleden zo gefascineerd had, en nam hij een besluit dat zowel frivool als ernstig was.

17

Op de dag van zijn Persoonlijk Onderhoud werd Thomas vroeg wakker. Thomas draaide zich om en sloot zijn ogen; zijn lichaam was vermoeid, maar zijn geest verkeerde al in een vibrerende staat van waakzaamheid, alsof hij zich gedurende de nacht had ingesteld op de naderende ontmoeting.

Hij stond op, trok het gordijn wat opzij en opende het raam. De ochtend was nevelig; de auto's stonden koud en vochtig naast elkaar en vanuit de bomen achter het parkeerterrein gaven de vogels elkaar onbegrijpelijke signalen. Hij opende het gordijn nu helemaal en het licht vulde met tegenzin de kleine kamer. De klapstoel stond nog op zijn oude plek, dof glanzend voor de kast waar de boeken het hoogst waren opgestapeld, en Thomas kon zich voorstellen dat het een levend wezen was, nagenietend van het hoogtepunt van zijn bestaan.

Hij liep naar de verlaten afdelingskeuken, die zo rommelig en smerig was dat het licht in de hele ruimte bedorven leek. Hij waste een kopje en zette water op; vervolgens vulde hij een filter met koffie en plaatste dat op een roestige kan. In afwachting van het fluiten van de ketel betrad hij het balkon. Hij probeerde zich August voor de geest te halen, maar in plaats van een gezicht zag hij niet meer dan de vage contouren van ogen en een mond. Hij veegde met zijn hand wat druppels van de balkonrand en leunde voorover. De kou drong door zijn T-shirt heen, en hij genoot. De aarde zou onherbergzaam zijn als er geen kou bestond.

Hij stak een sigaret op en inhaleerde diep, volgens de voorschriften van oom Niels. Een lichte duizeling beving hem, zoals altijd na de eerste trek. Slechts fysiek aanwezig zijn – wat een ijle droom! Altijd luisteren naar de commentaren die je lichaam gaf: geluiden zakten door je heen, stiltes drongen door tot aan je vingertoppen. Op een dag (ooit! ooit!) zou deze hele rijkdom misschien tot zijn beschikking staan.

Terwijl hij zijn koffie dronk en de warmte zich door zijn lichaam verspreidde bekeek hij een krant die op de keukentafel lag. Zijn ogen dwaalden ontspannen langs de vuile kolommen, kades van letters langs foto's die groot en grijs waren als binnenzeeën – dit werd iedere dag weer bij elkaar geleefd door al die radeloze individuen die er niet in slaagden op hun kamer te blijven: ze botsten tegen elkaar op onoverzichtelijke kruispunten, ze vertelden leugens in alle soorten en maten, ze stortten giftige chemicaliën in zee, ze openden biljartpaleizen, blokkeerden ministeries en beroofden elkaar in donkere zijstraten van hun portemonnees.

Thomas schoof de krant van zich af. Er was nog geen verkeer op straat, en afgezien van de vogels hoorde hij niets anders dan een metalig gerammel uit de achterkant van de koelkast.

Toen hij de deur had opengeduwd keek hij recht in het dun bevolkte gezicht van Caspar. Thomas wist niet of hij hem de hand moest schudden, en hij beperkte zich uiteindelijk tot een mondelinge groet.

'Dit is jouw dag', zei Caspar met een enigszins geforceerde gulheid.

'Hij is aangebroken', zei Thomas. 'De trap op zeker?'

'Andrea wacht op je', zei Caspar. 'Er komen vandaag meer mensen.'

'Maar ik ben toch wel met hem alleen?' vroeg Thomas. Hij vond de gedachte aan een groepssessie vernederend.

'Maak je niet ongerust', zei Caspar. Hij gebaarde in de richting van de trap, en Thomas besteeg de treden zonder haast. Zou hij een afwachtende houding aannemen? Meteen in de aanval gaan? Had hij wel iets te vragen of moest hij een nieuwe redevoering aanhoren? Zo langzamerhand, dacht hij grimmig, zou ik er zelf een kunnen verzinnen.

Op de overloop kwam hij Andrea tegen; ze droeg precies dezelfde sandalen als destijds. 'Het is goed dat je gekomen bent', zei ze. Ze greep Thomas vriendschappelijk bij zijn arm, alsof ze al weken met elkaar hadden doorgebracht. 'Augusts kamer is hier, aan het eind van de gang, achter de lichtblauwe deur. Ben je gespannen? Toen ik mijn eerste Persoonlijk Onderhoud had raakte ik buiten bewustzijn op het moment dat ik over zijn drempel trad (de wierook, dacht Thomas). Het was een onbeschrijflijk moment. Het leek alsof de kamer doordrenkt was van licht, het licht was als water geworden en het stroomde door de hele ruimte, er was geen zwaartekracht meer.'

Thomas vroeg: 'Mag ik hier roken?'

'De dingen moeten zijn zoals ze zijn,' zei Andrea, 'als je wilt roken kun je roken. Op dat niveau worden er geen echte keuzes gemaakt. August heeft gezegd: "Het gaat om dat wat er altijd al geweest is." Daar zal hij straks over praten.'

'Voor dat wat altijd al geweest is,' zei Thomas, 'daar was ik voor gekomen.'

Ze gingen op de grond zitten in de helderwitte gang. Aan het eind zag Thomas de lichtblauwe deur, die er om de een of andere reden ontoegankelijk uitzag.

'Ik heb het gevoel', zei Andrea, 'dat dit een belangrijke dag voor je gaat worden. Toen ik je de eerste keer zag begreep ik dat je in de kern een devoot mens bent. Ik weet (de rimpels bij haar ooghoeken vermenigvuldigden zich tijdens haar lach) dat niemand zulke dingen tegen je zegt, maar wij bekijken de mensen heel anders. Er worden vaak leerlingen geweigerd omdat ze om de verkeerde redenen komen. Onze beweging is geen toevluchtsoord. August heeft niets te bieden, maar dat begrijpen de mensen niet.' Ze trok haar lange benen op, zodat haar knieën in de buurt van haar schouders kwamen en ze op een sprinkhaan leek.

'En wat is de bedoeling als ik straks naar binnen ga?' vroeg Thomas.

'Oh,' zei Andrea met een handgebaar, 'bedoelingen zijn héél erg oppervlakkig, ze behoren tot de strategieën van het ego. Je raakt erin verstrikt, altijd, iedereen, zelfs als je theorieën verzint om eraan te ontsnappen. August heeft gezegd dat we moeten loslaten. Loslaten is het moeilijkste, misschien moeten we wel vier, vijf, zes incarnaties besteden aan het leren loslaten.'

Thomas tuitte zijn lippen en zei niets. Hij kon nu nog vertrekken: de deur was niet afgesloten en hij had geen stuiver betaald.

'En waar wachten we nu op?' vroeg Thomas met een stem die hij rustiger liet klinken dan hij zich voelde.

'Oh, dat ongeduld,' zei Andrea, 'ik *herken* dat zo goed. Als de tijd gekomen is, denk ik, dan pas. August vindt punctueel gedrag erg belangrijk, maar het moet geen religie worden – niets moet religie worden. Van de week heeft hij het nog heel mooi gezegd. Wacht even.' Ze haalde een klein notitieblokje uit haar achterzak en begon voor te lezen: 'Als het ego zich volzuigt met het religieuze wordt het onbeschrijflijk groot, groter dan een kerk. Het ego is omnivoor, het kan zich voeden met nederigheid, met hoogmoed, met kennis, met prestaties, met eenzaamheid en met gezelschap.'

'Ja', zei Thomas bezwerend, alsof hij Andrea daarmee tot zwijgen kon brengen. Er kwamen twee jonge mannen voorbij, gekleed in spijkerbroek en T-shirt; hun haar was kort en hun kalme gelaatsuitdrukking deed aan kerngezonde kamerplanten denken.

Toen Thomas op zijn horloge keek zag hij dat hij pas tien minuten had gewacht. Hij was vergeten wat hij had gehoopt toen hij hierheen was gefietst, en vertrekken zou net zo belachelijk zijn als blijven.

Plotseling ging de lichtblauwe deur open en kwam Matthias te voorschijn; toen hij de bezoeker zag zitten begon zijn gezicht te stralen als dat van een jonge moeder. Thomas voelde zich meteen schuldig over het enthousiasme dat hij teweegbracht, omdat hij ervan overtuigd was dat hij hem vroeg of laat zou moeten teleurstellen.

Matthias greep hem bij de arm en keek hem aan, alsof hij zoveel tegelijk wilde zeggen dat hij niet wist waar hij moest beginnen. 'Heerlijk', zei hij eindelijk – maar Thomas knikte ongelukkig, hij wilde de straat oprennen om sigaretten te roken en naar mooie vrouwen te kijken. De kwaal waarvoor hij bij deze arts kwam was niets meer dan een herinnering, een wond die ophield met bloeden zodra ernaar gekeken werd.

'Verwacht niet te veel,' zei Thomas, 'ik kom me alleen maar oriënteren.'

'Voorzichtig, voorzichtig,' lachte Matthias, 'doe in 's hemelsnaam geen overhaaste dingen, je weet niet wat er kan gebeuren.'

'Je maakt me belachelijk,' zei Thomas, 'maar dat heb ik natuurlijk verdiend.'

Matthias keek op zijn horloge en zei: 'Belachelijk zijn we allemaal, van 's morgens tot 's avonds. Zolang je nog bevrediging zoekt bij de zintuigen komt er geen einde aan je belachelijkheid. Je kunt nooit rijper zijn dan je bent. Maar eens krijg je een kans om je ketens af te werpen. Iedereen leeft voor morgen, maar je moet het morgen uitschakelen, snap je? Morgen bestaat niet. Morgen is het onvermogen om jezelf te geven.'

'Zo is het', zei Thomas.

Matthias zei: 'Je moet het ervaren, iets anders dan de ervaring is er niet.'

'Nee', zei Thomas, die zich voelde alsof hij een halve marathon achter de rug had.

Matthias vertelde dat Thomas over een kwartier verwacht werd. Andrea en hij lieten hem nu alleen, zodat hij zich in stilte kon voorbereiden – of wat hij dan ook wilde doen met dat kwartier, daarin was hij uiteraard vrij. Zodra het tijd was zou hij hem komen waarschuwen.

'Goed,' zei Thomas, 'ik wacht.'

Toen hij alleen was ging hij op de vloer zitten en telde de witte planken. Van tijd tot tijd keek hij naar de deur waarachter zijn kennissen waren verdwenen, alsof hij uit die richting al signalen verwachtte, en hij vroeg zich af of hij nog bij zijn volle verstand was. Hij spande zich tot het uiterste in en verbeeldde zich dat zijn oren radiotelescopen werden; heel even hoorde hij verre stemmen, waarvan zelfs niet te bepalen was of ze van mannen of vrouwen afkomstig waren. Boven zijn hoofd klonken stappen, maar die hielden plotseling op, alsof de onbekende tijdens het lezen aan het rondlopen was geweest en zijn blik op een interessante regel was gevallen. Nu was er stilte, maar niet zozeer de verzonken stilte waar Thomas van hield, maar een samengestelde, gespannen stilte, het resultaat van een groot aantal mogelijke geluiden die boven en onder en links en rechts van hem werden onderdrukt. Hij voelde het kloppen van zijn hart, eerst bij zijn middenrif, toen bij zijn voeten, en hij probeerde zichzelf gerust te stellen: er was niets aan de hand, hij zat in een oud huis, te wachten op een gesprek – hij wachtte.

Vlak boven zijn hoofd begon een tikkend, machinaal geluid, begeleid door een dieper dreunen dat uit dezelfde bron afkomstig was. Hij drukte zijn rug plat tegen de muur en concentreerde zich op de kou die zich door zijn lichaam verspreidde. Hij was naïef, hij geloofde nog in fundamentele ogenblikken – maar op een dag zou het heden zich naar alle zijden uitstrekken, en dan zou hij hebben bereikt wat er bereikt kon worden. Hij zou leven, gedragen door een kracht die hij misschien niet eens wilde begrijpen, een sublieme, alles overstijgende voorlopigheid.

Thomas had de deur niet horen opengaan, en hij was al halverwege de trap toen hij Matthias zijn naam hoorde roepen.

Leiden, januari 1990 - december 1992